KB059030

"앞으로 잘 부탁할게요.

······선배?"

유키시로 아리사

맞선 보고 싶지 않아서
억지스러운 조건을 달았더니
동급생이 온 일에 대해서 6

"과, 과자 안 주면……
장난칠 거라고요?!"

모노톤 컬러의
에이프런 드레스, 이른바
'메이드복'을 입은
아리사는 유즈루를 향해
그렇게 말했다.

"어서 오세요, 주인님."

"유즈루 씨는 저를 좋아하니까 약혼해준 거죠?"

"절 사랑하니까
   결혼해 주는 거죠?"

"당연하잖아."

"정략결혼이라서 그런 게 아니죠?"

커버 및 본문 일러스트_ Clear

Contents

story by sakuragisakura
illustration by clear
designed by AFTERGLOW

제1장

'약혼자'와의 싸움

그것은 여름방학이 끝나고 첫 등교일.

"……안녕, 아리사."

등교한 유즈루는 자신의 반 친구 소녀에게 말을 건넸다.

아마포색 머리카락에 비취색 눈동자, 굴곡이 확실한 몸을 가진…… 무척 아름다운 여자아이.

유키시로 아리사.

유즈루의 약혼자이자 연인이었다.

"아, 유즈루 씨…… 안녕하세요."

유즈루의 인사에 아리사는 조금 놀란 것처럼 반응했다.

긴장으로 굳었던 유즈루의 뺨이 풀어졌다.

하지만 동시에 아리사는 퍼뜩 놀란 표정을 지었다.

이내 미간을 찌푸리더니…….

"……지금 그건 취소예요."

얼굴을 홱 돌려 버렸다.

"저기, 아리사…….."

"……몰라요."

"그런 말 하지 말고……."

"……싫어요. 말 걸지 말아요."

아리사는 흘끗흘끗 유즈루의 표정을 살피며 그렇게 말했다.

유즈루가 무언가 말하기를 기다리고 있었다.

그렇게 보였다.

"······아, 그래. 그럼 됐어."

이 태도에 유즈루는 발길을 돌렸다.

그 반응에 아리사는 크게 눈을 뜨고는, 조금 슬픈 표정을 지었다.

떠나는 유즈루의 뒷모습을 향해 무언가 말하려고, 아름다운 입술을 움직이다가 이내 고개를 돌리고 중얼거렸다.

"······전 몰라요."

두 사람은 자리에 앉은 채, 책상에 팔을 괴고 얼굴을 각자 반대 방향으로 돌렸다.

그리고 이따금 상대의 표정을 살피고······.

가끔씩 눈이 마주치면 황급히 시선을 피했다.

그런 두 사람의 서먹서먹한 태도와 행동을 보고 있던 두 친구들──사타케 소이치로와 타치바나 아야카──은 서로 얼굴을 마주 봤다.

"혹시······."

"저거, 싸우는 건가?"

그렇다······.

유즈루와 아리사는 그야말로 싸우는 중이었다.

※

점심시간.

'……오늘도 매점 빵인가.'

타카세가와 유즈루는 조금 침울한 기분으로 빵을 씹고 있었다.

그것은 그의 약혼자…… 유키시로 아리사의 기분이 좀처럼 풀리지 않았기 때문이었다.

평소에는 휴일에 ——휴일이 아닐 때라도—— 유즈루의 방에 와서는 놀고, 식사를 만들어 주기도 하는데.

수업이 있는 날에는 마중을 와주는데.

도시락도 만들어 주는데.

"저기, 유즈…….."

"뭐야."

조금 짜증스러운 목소리로 유즈루는 자신에게 말을 건 상대에게 되물었다.

말을 건넨 것은 유즈루의 친구 중 하나인 사타케 소이치로.

"이건 참, 평소답지 않게 짜증이 가득하네."

그리고 료젠지 히지리였다.

쓴웃음 짓는 두 사람에게 유즈루는 떨떠름한 표정을 지었다.

답지도 않게 짜증을 밖으로 드러내고 만 사실을 후회하

는 것이었다.

"같이 밥 먹자고."

"남자들끼리 오붓하게 말이지."

"……그럴 기분 아냐."

차가운 목소리로 그렇게 대답하는 유즈루에게…….

두 사람은 멋대로 자기 의자를 가져와서, 그의 책상에 자기들 점심 메뉴를 펼치기 시작했다.

유즈루는 미간을 찌푸리면서도, 설마 두 사람의 점심을 손으로 쳐서 바닥에 떨어뜨릴…… 수는 없었기에 가만히 있었다.

"아리사 씨랑 왜 싸웠어?"

입을 열자마자 소이치로는 유즈루에게 그리 물었다.

유즈루는 눈을 크게 부릅떴다.

"……어떻게 알았어?"

"그걸 못 알아차리는 게 이상하잖아."

유즈루의 물음에 히지리는 쓴웃음 지으며 말했다.

그만큼 러브러브했던 두 사람이 함께 등교하지 않는다.

그러기는커녕 제대로 대화도 하지 않는다.

유즈루가 사랑이 담긴 도시락이 아니라 식사로 빵을 먹고 있다.

명탐정이 아니더라도 이상사태임을 알 수 있었다.

"……난 잘못 없어."

두 사람에게 변명하듯 유즈루는 그렇게 말했다.

이런 일로 언제까지고 토라져서는 말도 안 하는 아리사가 이상하다.

　애당초 자신은 잘못된 말을 하지 않았다.

　자신은 잘못이 없다.

　설령 조금 잘못한 것이 있다 하더라도, 아리사가 더 잘못했다.

　……그러니까 유즈루 쪽에서 사과할 생각은 없었다.

　"뭐一, 그렇겠지."

　"이해한다고…… 여자는, 부조리한 존재야."

　유즈루의 말에 소이치로와 히지리는 동의를 표했다.

　어째서 두 사람이 싸우는지, 당연히 두 사람은 모른다.

　상상도 못 하겠고.

　하지만 유즈루가 이상한 짓을 할 리가 없다고, 두 사람은 믿고 있었다.

　혹시 두 사람이 싸울 법한 일이라면, 틀림없이 잘못한 것은 유키시로 아리사라고.

　……두 사람에게 친구로서의 '경력'은 유즈루 쪽이 더 기니까 이 판단은 당연한 것이었다.

　"하지만 말이지, 언제까지고 이대로 있을 수도 없잖아."

　"남자에게도 자기한테 잘못이 없다고 생각하더라도 머리를 숙여야만 할 때가 있어. 그렇지?"

　소이치로와 히지리가 타이르듯 말한 내용에…….

　유즈루는 무어라 말할 수 없는 표정을 지었다.

틀림없이 자신이 먼저 사과하지 않으면 끝이 없다.

언제까지고 아리사와 계속 싸우게 된다.

그것은 어렴풋이 깨닫고 있었다.

그리고 이대로 시간이 지나고, 두 사람의 관계가 풍화되어 버릴 우려가 있다는 것도 안다.

……그것만큼은 싫었다.

하지만…….

"하지만 나는 아리사를 위한 일이라 생각해서……."

"좋아, 그럼 들어 볼게."

"이야기해 보자고. 심판을 봐줄 테니까."

소이치로와 히지리는 미소를 지으며 그렇게 말했다.

유즈루는 마음이 조금은 가벼워지는 것을 느꼈다.

──우정이나 사랑이라는 건, 돈으로 끊을 수 없기에 고귀하고, 여차할 때에 의지가 되지.

그런, 언젠가 아버지가 한 말이 들리는 것 같았다.

"사실은……."

※

'……유즈루 씨, 사과만 하면 바로 용서해 줄 텐데.'

유키시로 아리사는 자신의 약혼자인 타카세가와 유즈루에게 불만을 품고 있었다.

두 사람이 어떤 일을 계기로 싸운 것이 며칠 전.

그 이후로 유즈루와 아리사는 제대로 대화를 나누지 않았다.

'정말이지, 고집쟁이야……'

아리사는 자신은 잘못이 없다고 생각한다.

잘못한 것은 너무한 말을 한, 너무한 일을 시키려는 유즈루다.

그렇게 믿는 아리사는 적어도 자신이 먼저 사과할 생각은 없었다.

하지만 사과만 한다면 용서하리라고 생각했다.

틀림없이 유즈루는 바로 사과해 줄 거라고, 알아 줄 것이라고 생각했다.

'아니, 하지만 역시 내가 먼저……'

하지만 이렇게까지 유즈루가 '사과해 주지 않는' 것은 아리사로서는 예상 밖이었다.

이미 아리사는 무척 초조해하고 있었다.

고작 며칠이지만 유즈루와 보낼 수 없는 나날이 무척 외로웠던 탓이다.

덧붙여 표현할 길 없는 불안, 초조에도 시달리기도 했다.

……이러는 동안에 유즈루가 자신이 아닌 다른 여자에게 넘어가 버리지는 않을까.

'그, 그래도……'

그러나 이번 일에서, 자신의 잘못을 인정한다는 것은 아리사에게 무척 어려운 일이었다.

왜냐면 그것은 유즈루의 주장이 옳다고 인정하는 것으로 이어지니까.

아리사가 절대로 싫어하는 일을, 하고 싶지 않은 일을, 할 수밖에 없게 된다.

아리사는 그것만큼은 피하고 싶었다.

유즈루와의 화해를 천칭에 올려 놓더라도, 망설이고 말 정도로 아리사에게는 싫고 힘겨운 일이었다.

'사과하지는 않더라도, 같이 점심을 먹는 정도라면…….'

사실은 유즈루에게 줄 도시락을 만들어 온 아리사는, 마침내 결심하고 일어섰다.

유즈루에게 말을 걸려고 하는데…….

"아―리―사―!"

"놀자!"

갑자기 누군가가 가슴을 주물렀다.

"꺄!"

저도 모르게 아리사의 입술에서 비명이 새어 나왔다.

돌아보니 그곳에는 아리사의 친구…… 타치바나 아야카와 우에니시 치하루, 두 사람이 있었다.

"뭐, 뭔가요?!"

아리사가 얼굴을 붉히며 묻자 또 한 소녀가 대답했다.

"같이 점심이라도 할까, 생각해서."

텐카는 아야카와 치하루를 아리사에게서 떼어 내며 그렇게 제안했다.

그녀들의 제안에 아리사는 잠시 생각한 뒤……, 받아들였다.

"……알겠어요. 괜찮겠죠."

"이것 참―, 나도 요리에는 자신 있지만…… 아리사도 상당한데?"

"일식으로는 못 이기겠네요."

"이 토란 조림, 맛있네."

그들 셋은 아리사가 만든 도시락을 먹으며 그리 말했다.

아리사가 유즈루를 위해서 ――유즈루가 사과한다면 먹여주겠다고 생각했던 것이다―― 만든 도시락이었다.

이대로는 그냥 버리게 될 것이라 생각해서 세 사람에게 대신 주었다.

"어, 그럴 정도는……."

요리를 칭찬받는 것은 역시 기쁘다.

아리사는 표정이 풀어졌지만…….

"이런 맛있는 도시락을 매일 먹을 수 있는 유즈룽은, 행복한 사람이구나."

"……."

아야카의 말에 아리사의 표정은 어두워졌다.

아리사의 그 너무나도 뻔한 태도에 세 사람은 서로 눈을 한번 맞췄다.

"아리사 씨…… 왜 싸운 건가요?"

"예……?! 무, 무슨 말일까요? 유, 유즈루 씨랑 저는 싸움 같은 거, 안 한다고요?!"

단도직입적인 치하루의 물음에, 아리사는 명백하게 동요했다.

"……아무도 타카세가와 군이랑 네가 싸웠다고 하진 않은 것 같은데?"

그런 아리사에게 텐카는 쓴웃음 지으며, 그 부분을 지적했다.

얼버무릴 수는 없겠다고 체념한 아리사는 작게 어깨를 떨어뜨렸다.

"……무슨 일 있었어? 아리사."

아야카는 다정한 목소리로 아리사에게 질문을 건넸다.

아리사는 조금 망설이는 표정을 짓다가…….

"……상담을 좀, 해주겠어요?"

이내 고개를 들러올리며 물었다.

""물론이지.""

그에 세 사람은 입을 모아 그렇게 대답해 주었다.

아리사는 마음이 조금 가벼워지는 것을 느꼈다.

"대단하진 않은 일인데…….."

"응, 응."

"싸움의 계기는 그런 법이에요."

"그래서그래서."

아리사는 조금 머뭇거리고는 대답했다.

"그게 뭐라고 할까, 제가 하고 싶지 않은 걸, 유즈루 씨는 원하는 것 같아서……."

아리사의 그 말에 세 사람은 나란히 이마에 손을 대고 하늘을 쳐다봤다.

──그 동정, 저질렀나…….──

그런 표정이었다.

"타카세가와 군이, 말이지……. 신사라는 이미지가 있었는데……."

"뭐, 어쨌든 개도 남자야, 남자."

"안 좋은 의미로 조심하지 않게 된 걸지도 모르겠네요."

텐카, 아야카, 치하루는 저마다 그렇게 고찰했다.

세 사람의 말에 아리사는 끄덕였다.

"예, 그래서…… 저는, 싫다고 그랬는데, 유즈루 씨는 반드시 하고 싶어 한다고 할까……. 저를 조금 놀리듯이 굴어서, 그래서 싸우게 됐달까……."

아리사는 띄엄띄엄 경위를 이야기했다.

이야기를 하면서 다시 떠오르고 말았는지, 무척 괴로워 보이는 표정이었다.

"훌쩍…… 전, 싫은데……."

"……유즈룽은 뭘 요구한 거야?"

아야카는 조금 화난 표정으로 말했다.

이런 귀여운 여자아이를 슬퍼하게 만들다니! 그런 의분에 사로잡힌 모양이었다.

"그, 그건……."

아리사는 입을 열었다.

그리고 우연히도…….

마침 친구들과 점심을 먹던 유즈루와, 완전히 똑같은 타이밍으로 말했다.

"유행하기 전에 독감 백신을 맞자고……."

"독감 백신, 맞기 싫다고 했어."

""""""……허?""""""

"그러니까, 주사라고요. 주사!"

"주사가 무섭다고 했어! 그 나이에!"

※

시간을 며칠 거슬러 올라가서…….

"역시 아리사가 만드는 요리는 최고네."

소면을 먹으며 유즈루는 그렇게 중얼거렸다.

이 말에 아리사는 쓴웃음을 지었다.

"……소면 같은 건 큰 차이 없다고 생각하는데요."

"소면이라기보다는 네가 만든 장국이 맛있어."

소면은 그냥 파는 것이지만, 장국은 가다랑어포나 다시

마로 육수를 내어 만든 아리사의 수제였다.

시판 장국을 희석해서 사용하는 것과 비교하면 감칠맛과 향기가 살짝 달랐다.

이런 작은 차이가 맛으로 이어지는 법.

"그렇게 말해 주니 기쁘네요."

유즈루의 말에 아리사는 표정이 풀어졌다.

보통은 그냥 파는 것으로 사용할 장국을 굳이 손수 만들었다.

그 부분에는 당연히 아리사 나름대로의 고집이 있었다보니, 그걸 칭찬받으니 기쁜 것이었다.

"하지만…… 슬슬 소면의 계절도 끝인가."

"이제 곧 9월인 걸요."

유즈루의 말에 아리사는 동의하듯 끄덕였다.

다만 최근의 9월은 아직 더워서 도저히 가을이라 말할 수는 없었다.

가을이다 싶어지기까지는 아직 한 달 이상은 걸리겠지.

"그리고 순식간에 겨울이에요."

"전골, 기대할게."

"……좀, 마음이 너무 앞서는 거 아니에요?"

아직 매미가 우는 계절에 전골 이야기를 하는 것은 너무 성급하다고 할 수 있다.

"하지만…… 저도 유즈루 씨와 보내는 겨울, 기대하고 있어요."

"그건 또, 왜야?"

"……애인으로서 겨울을 보내는 건 처음이구나 해서."

유즈루와 아리사가 사랑하는 사이가 된 것은 올해 봄부터다.

그렇기에 연인에게 소중한 날이라 할 수 있는 겨울의 이벤트——예를 들면 크리스마스 등——는 아직 경험하지 않았다.

"게다가 수학여행도 있고요."

"수학여행인가…… 같은 조가 될 수 있다면 좋겠는데."

그리고 가능하다면 같은 방이 좋다.

유즈루는 그렇게 생각했지만, 어떻게 생각해도 같은 방을 쓰는 건 허락되지 않겠지.

기대해 봤자 헛수고다.

"즐거운 일, 잔뜩 있네요!"

기쁜 듯 아리사는 미소 지었다.

그런 아리사를 보고 유즈루도 기뻐졌다.

겨울은 그다지 좋아하지 않는다.

그렇게 말했던 아리사는 이미 과거의 존재.

그리고 과거로 만들 수 있었던 것은 자신이라고……. 그녀를 행복하게 만들 수 있었던 것은 자신이라고, 실감할 수 있었으니까.

"하지만 감기는 조심해야겠지."

"이번에는 제가 간병해 줄게요."

"······땀을 닦아 달라고 부탁하면, 닦아 줄래?"

"예? 그, 그건······ 물론······."

아리사는 살짝 뺨을 붉히며 끄덕였다.

자신의 대담한 행동을 떠올리고 부끄러워진 것인가.

아니면 유즈루의 나신을 상상하고 말았나······.

아마도 양쪽 모두일 것이다.

"뭐, 감기에 안 걸리는 게 최선이지만."

"그, 그러네요!"

"독감만큼은 걸리고 싶지 않아. 예방접종도 해야겠지."

별 생각 없이 유즈루가 그렇게 말하자······.

아리사의 표정이 살짝 굳어졌다.

"예방접종······인가요."

"응······ 아리사도 매년, 맞잖아?"

"아뇨······ 저는, 그게, 안 맞아요."

아리사의 말에 유즈루는 조금 놀랐다.

물론 독감 예방접종을 안 하는 사람이 있다는 것은 유즈루도 이해하지만······.

하는 쪽이 다수파라고도 생각했다.

"그건 왜······? 주사를 맞으면 컨디션이 나빠지는 타입이야?"

사실 유즈루도 주사를 맞으면 살짝 현기증이 나기도 하는 타입이었다.

쓰러질 정도는 아니지만 그다지 좋은 기분은 아니다.

"아, 아뇨…… 어떨까요? 한동안 주사를 맞은 적은 없으니까…….."

"……어째서?"

"그, 그건…… 무섭잖아요."

조금 부끄러운 듯 아리사는 그렇게 말했다.

고등학생이나 되어서…….

유즈루는 그만 그렇게 생각하고 말았다.

다만 아리사는 어두운 곳을 거북해한다거나, 와사비를 못 먹는다거나, 그렇게 어린아이 같은 구석이 있었다.

그런 부분 역시도 귀엽다.

유즈루는 그만 웃고 말았다.

"……뭘 웃는 건가요."

"아니, 귀엽구나 싶어서."

유즈루가 웃었다는 것이 조금 거슬렸나 보다.

아리사는 울컥한 표정을 지었다.

그런 모습도 귀엽다.

귀엽지만…….

"……가능하다면 예방접종은 했으면 좋겠는데."

"……예? 어, 어째서요?!"

유즈루가 중얼거리듯 말하자 아리사는 조금 동요한 기색으로 그렇게 말했다.

그런 말을 들을 것이라고는 생각도 하지 않았을 것이다.

"아니, 아리사가 독감에 걸린다면 나도 걸릴지도 모르는 거니까…….”

“그, 그건…… 주의하면 그만이잖아요!”

“그건 그렇지만, 걸릴 때는 또 걸리는 법이니까……. 게다가, 올해는 괜찮지만 내년에는 수험생이잖아.”

중요한 수험생 시기에 독감에 걸리는 것만큼은 피하고 싶다.

수험 날에 걸리기라도 하면 돌이킬 수 없고, 그렇지 않은 날이라도 한번 무너진 컨디션을 되돌리기는 무척 힘들 것이다.

건강한 것이 최고다.

“아, 아니, 하지만…….”

“시험 삼아서 맞아 보지 않을래?”

“시, 싫어요! 무리예요!”

“……최근에는 그렇게 아프지도 않다고?”

“거짓말! 바늘에 찔리는 건데 당연히 아프겠죠!”

“아프지 않은 곳, 소개해 줄까?”

“절대로 싫어요!”

“고등학생이나 되었으니 주사 정도는 극복하는 게…….”

“아―, 안 들려. 안 들려요!! 몰라요!!”

아리사는 귀를 막고 그 자리에서 도망쳐 버렸다.

그런 아리사를 설득하고자 유즈루는 뒤를 쫓고…….

이것이 두 사람의 싸움이 시작된 계기였다.

"그렇게 되었는데……."

"그렇게 된 건데요……."

그리고 유즈루와 아리사의 주장을 거의 같은 시각에 들은 두 사람의 친구들은…….

입을 모아 중얼거렸다.

""""""너무 하찮아…….""""""

""너, 너무 하찮아…….""

소이치로와 히지리는 다들 어이없다는 표정이었다.

이 표정에 유즈루는 황급히 덧붙이듯 말했다.

"아, 아니…… 확실히 나도 하찮은 이유라고는 생각해. 그러니까…… 이런 하찮은 일로 고집을 부리는 아리사가 이상하다고 생각하지 않아?"

"너도 충분히 고집을 부리는 거라 생각하는데……."

"……맞고 싶지 않다면 그냥 그걸로 되잖아. 맞아 봐야 걸릴 때는 걸리겠지."

소이치로와 히지리의 말에 유즈루는 살짝 표정을 일그러뜨렸다.

그리고는 변명하듯 말을 꺼냈다.

"딱히…… 강요하는 건 아냐. 추천하는 것뿐이니까. 나는 아리사가 맞기 싫다면 안 맞아도 된다고 말했어……. 하지만 그랬더니 아리사는 또 화를 내서……."

그 말투는 또 뭔가요!

그렇게 더더욱 토라져 버린 아리사의 표정을 유즈루는 떠올렸다.

"음…… 그래? 강요한 게 아니라면, 딱히 네가 잘못한 건 없네……."

유즈루의 주장에 동정하는 기색을 내비치는 히지리.

한편 소이치로는 크게 한숨을 내쉬었다.

"하아…… 이해를 못 하는구나. 너희는."

"……뭘 말이야?"

"여심."

"“…….”"

그야 그렇지, 우리는 남자니까.

유즈루와 히지리는 둘 다 그런 표정을 지었다.

"여자는 말이지, 공감해 주길 바라는 거야. 이 경우, 아리사 씨는 주사가 무섭다는 기분에 공감해 주길 바랐어. 네가 그렇게 생각한다면 그걸로 상관없겠지, 나는 모르겠지만. 그런 식으로 말하면 그야 화가 나지. 차라리 강요를 하는 편이 그나마 낫다고."

주사를 맞는 것을 권유한다.

그것은 뒤집어 보면 그녀의 컨디션이나 건강을 걱정한

다, 신경을 쓴다고도 말할 수 있다.

반면에 '맞고 싶지 않다면 그래도 된다'라는 표현은, '너 같은 건 아무래도 상관없다'라고 말하는 것이나 마찬가지.

소이치로는 그렇게 이야기했다.

"그, 그렇구나…… 복잡하네."

듣고 보니 조금 아무렇게나 말해 버렸을지도 모르겠다.

그 탓에 아리사를 상처 입히고 말았을지도 모른다.

유즈루는 반성했다.

"……그래서, 그게, 나는 어떻게 하면 될까?"

"우선은 사과해. 그러고서 아리사 씨를 걱정해서 한 발언이었다고 해명한 다음, 강요할 생각은 없다는 걸 다시금 전해."

"아니, 그게 아니라……."

내가 묻고 싶은 것은 그런 게 아니다.

그렇게 말하는 듯한 유즈루의 발언에 소이치로는 미간을 찌푸렸다.

"뭘 묻고 싶은 거야?"

"……어떻게 아리사한테 이야기를 꺼낼까 싶어서."

유즈루는 조금 부끄럽고, 겸연쩍은 듯 뺨을 긁적이며 그렇게 말했다.

사과하고 싶어도 사과할 수 없다.

유즈루에게는 그것이 가장 어려운 부분이었다.

사죄의 내용은 그다음이다.

"······그 정도는 스스로 생각해."

한편 유즈루의 심약한 발언에 소이치로는 어이없다는 표정으로 그렇게 말했다.

사과하는 방법 따위, 상대에게 '미안해요'라고 말하는 것 이상은 존재하지 않는다.

어떻게 조언할 것도 없다.

"그, 그렇게 말하지 말고····· 저기, 히지리, 너는 어떻게 하면 좋겠다고 생각해?"

"어? 아, 으─음, 그러네······."

유즈루가 이야기를 돌리자 히지리는 턱에 손을 대고 생각에 잠겼다.

히지리는 굳이 따지자면 유즈루와 같은 쪽····· '여심을 모르는 인간'으로 분류된다.

그리고 또한 연애 경험도 적다.

그렇기에 '좋아하는 아이한테 사과하고 싶어도 사과할 수가 없다'라는 유즈루의 기분에, 어느 정도 공감을 할 수가 있었다.

"직접 얼굴을 마주하고 말하는 게 어렵다면····· 메시지로, 라든지?"

"메시지인가······? 하지만 메시지는 너무 성의 없어 보이지 않을까?"

"으─음, 그러면 이야길 하고 싶으니까 시간을 달라고

보내는 건 어때? ……보낸 다음에는, 어쨌든 사과할 수밖에 없겠지?"

"그건…… 그러네."

어떤 의미로 배수의 진 같은 작전이기는 하지만…….

지금 유즈루에게 가장 부족한 것이 용기와 각오라는 점을 생각하면 상책처럼 여겨졌다.

"그럼 결정이네. 보내 버려."

"응, 알겠어. ……어, 지금?"

"지금 안 하면, 언제까지고 안 하겠지."

"아, 아니, 하지만, 마음의 준비가……."

"얼른 해."

히지리의 재촉에 유즈루는 도움을 청하듯 소이치로 쪽을 봤다.

그 시선을 소이치로는 간단히 뿌리쳤다.

"메시지가 싫다면, 지금 직접 사과하러 가면 되잖아?"

"……알았다고."

각오를 다진 유즈루는 휴대전화를 꺼냈다.

아리사 앞으로 메시지를 입력하고, 몇 번이나 수정을 거듭하고…….

5분 뒤, 완성한 메시지를 소이치로와 히지리에게 보여 줬다.

"어떨까?"

──오늘 방과 후, 이야기하고 싶은 게 있어.──

숙고를 거듭한 것치고는 무척 간결하고 담백한 문장이었다.

소이치로와 히지리는 고개를 끄덕였다.

"괜찮지 않나?"

"빨리 보내."

"......응."

유즈루는 메시지를 보냈다.

가만히 화면을 바라보고 있었더니…….

"와아아아!"

"......어땠어?"

"뭔가 있었어?!"

"이, 읽음이 바로 떴어…….."

유즈루는 무심코 숨을 삼켰다.

읽음이 떴다는 것은 이미 아리사는 유즈루가 보낸 메시지를 봤다는 것이다.

이제 사과를 할 수밖에 없게 되었다.

"......"

하지만 읽음이 떴어도 좀처럼 답변이 오지 않았다.

유즈루의 등을 타고 기분 나쁜 땀이 흘렀다.

......혹시 정나미가 떨어져 버린 것은 아닐까.

그런 불안이 고개를 쳐들었다.

"저, 저기…… 나, 차인 걸까?"

"아직 1분도 안 지났잖아."

"저쪽도 어떻게 대답해야 할지 고민하는 거겠지. 좀 더 기다려."

그렇게 유즈루가 초조와 불안으로 싸우기를 약 5분…….

"와아아아!!"

"……어땠어?"

"무슨 일이야?!"

소이치로와 히지리의 물음에 유즈루는 떨리는 목소리로 대답했다.

"……답변이 왔어."

──알겠어요.──

그런 짧은 문장이 화면에 떠 있었다.

※

"""너, 너무 하찮아……."""

여자 셋은 입을 모아 그렇게 말했다.

싸움의 계기도 하찮고, 그 방식도 하찮다.

심각하게 생각해서 손해 봤다고 세 사람은 생각했다.

"하, 하찮다니…… 저, 저는 진지해요!!"

필사적으로 그렇게 호소하는 아리사에게 아야카는 어깨를 으쓱이고 말했다.

"겨울이 되고 맞으면 되잖아. 자, 해결."

"싫다고 하잖아요!"

그렇게 주장하는 아리사에게 치하루는 물었다.

"아리사 씨는, 반 백신파였나요?"

"아, 아니, 딱히 그런 건 아닌데요……."

그리고 텐카가 물었다.

"그럼, 뭐가 싫은 거야?"

"그, 그건…… 아, 아프니까……."

그렇겠지, 세 사람은 생각했다.

세 사람도 주사는 맞긴 하지만, 그렇다고 좋아하는 것은 아니다.

거북한 사람이 있다는 것도 물론 안다.

"뭐, 안 맞았다고 죽는 것도 아니고, 맞았다고 안 걸리는 것도 아니니까. 맞을지 안 맞을지, 그건 아리사의 자유라고 나는 생각하는데……. 유즈루가 혹시 맞으라고 강요한 거야?"

아리사의 말로는 유즈루가 주사를 맞으라고 강요한 것처럼 들렸다.

하지만 소꿉친구인 아야카가 아는 한, 타카세가와 유즈루는 그럴 사람이 아니다.

아리사의 가슴을 억지로 주무르려고 하는 일은 있을지도 모르지만, 억지로 주사를 맞도록 강요할 남자는 아니라고 생각했다.

……그리고 아리사의 가슴을 억지로 주무르려고 하는

일은 있을지도 모르겠다고 생각하는 것은, 아야카 본인이 주무르고 싶기 때문이기도 했다.

"아, 아니…… 딱히 그런 것도 아니지만……."

"그럼, 어떻게 된 건가요?"

치하루가 고개를 갸웃거렸다.

"네가 맞기 싫다면, 안 맞으면 된다고, 한숨을 쉬어서. 그게 뭐라고 할까, 답답하다고 할까……."

"아아ㅡ, 뭐, 그건 좀 짜증 나네."

텐카는 아리사의 말에 동의하듯 끄덕였다.

주사가 무서우니까 싫다는 기분을 이해해 주는 것이 아니라, 그저 질려서 포기했을 뿐.

그런 태도를 취하는 것은 확실히 화가 난다.

……다만 텐카도 솔직히, 주사가 무섭다는 이유로 남자친구와 싸우는 여자의 기분은 이해할 수 없었지만.

"어두운 게 무섭다고 그랬을 때는, 잘 때도 같이 자 줬으면서……."

"은근슬쩍 연애 자랑이네요ㅡ."

이따금 그런 에피소드를 끼워 넣는 아리사를 보고 치하루는 어이없다는 표정이었다.

그렇게나 사이가 좋다면 냉큼 주사든 뭐든 맞고 화해하면 그만이지 않느냐고 치하루는 생각하고 말았다.

"우리는 아리사의 기분이 어떤지, 모를 것도 아니지만 말이지ㅡ. 유즈룽은 틀림없이 모를걸?"

"……역시 전해지지 않는 걸까요?"

"남자니까. 말로 표현하지 않은 마음은 1할 정도밖에 안 전해진다고 생각하는 편이 나아."

아야카는 어깨를 으쓱이고 그렇게 말했다.

한편 아리사는 어깨를 떨어뜨렸다.

"으, 으―음…… 그럼, 어떻게 해야……."

"전할 수밖에 없잖아?"

텐카가 그렇게 말했지만 아리사는 고개를 가로저었다.

"새삼스럽게…… 무리예요."

"안 될 건 또 없지. 말하지 않으면 전해지지 않잖아? 말하는 편이 낫다고 생각하는데……."

"귀찮은 여자라고 여겨지는 건, 싫어요……."

이미 충분히 귀찮은 여자야.

세 사람은 동시에 생각했지만 굳이 말하지 않았다.

인간관계란, 무엇이든 솔직하게 전하면 그만인 것이 아니기 때문이다.

하지만, 통할 때는 말하지 않더라도 의외로 통하는 법인지라……

"……역시, 귀찮은 여자겠죠."

"""……."""

세 사람은 아무 말도 하지 않았다.

무언의 긍정이었다.

아리사가 작게 한숨을 내쉰 순간…….

동시에 휴대전화가 소리를 울렸다.

"이럴 때…… 히얏!!"

무심결에 아리사는 목소리를 높였다.

다른 이들이 무슨 일이야? 라고 묻자 아리사는 굳은 표정 그대로, 말없이 휴대전화 화면을 내밀었다.

──오늘 방과 후, 이야기하고 싶은 게 있어.──

유즈루가 보낸 메시지였다.

"잘됐잖아, 아리사……. 유즈룽, 사과하는 거 아냐?"

그러고 보니 저쪽에는 소이치로하고 히지리가 가 있었구나…….

그런 생각을 하며 아야카는 그렇게 말했다.

두 사람이 아리사의 마음을 알아차리고 유즈루에게 전했을 가능성이 높다.

"그, 그럴까요……."

"그것 말고는 없을 거라 생각하는데. ……뭐가 불안한 거야?"

텐카가 묻자 아리사는 지독히 불안하다는 표정을 지으며 대답했다.

"……이별의 이야기일 가능성도 있을까 해서."

"뭐, 그럴 일은 없다고 생각하지만요. 하지만 헤어지고 싶지 않다면, 더더욱 이야기를 들어야 하니까요……. 빨리 답변을 보내는 게 좋겠죠?"

"어, 아, 예!"

치하루의 충고에 아리사는 퍼뜩 놀란 표정을 지었다.

떨리는 손으로 휴대전화에 문자를 입력하고, 그리고 지우기를 되풀이했다.

몇 번이고 몇 번이고 되풀이하고…….

──알겠어요.──

"이, 이거면…… 괜찮을까요?"

"괜찮지 않나?"

"그, 그럼, 보낼게요……?"

"보내면 그만이지 않나요?"

"조금 더, 자세히 쓰는 편이…….'

"그보다도 빨리 대답하는 편이 낫지 않겠어? 읽고서 무시한다고 여겨져도 괜찮다면 모르겠지만…….'

"보, 보낼게요!!"

이리하여 아리사는 유즈루에게 답변의 메시지를 보낸 것이었다.

※

그리고 방과 후…….

"어―, 그게, 저기…… 아리사."

종례 후, 유즈루는 조금 틈을 두고서 아리사에게 말을 건넸다.

"……예."

아리사는 짧게 대답하고 유즈루의 얼굴을 올려다봤다.

이어질 말을 기다린다고 생각한 유즈루는 살짝 동요하고 말았다.

……이다음의 일을 전혀 생각하지 않았으니까.

"으음…… 같이 돌아가지 않을래? ……여기서는, 말 못할 테니까."

역시나 아직 사람이 있는 교실에서 사죄나 변명을 할 용기는 유즈루에게는 없었다.

아리사 역시도 사적인 싸움의 내용에 다들 귀를 쫑긋 세우는 것은 싫으리라는 판단이었다.

"……."

한동안의 침묵 후…….

"알겠어요."

아리사는 끄덕였다.

유즈루와 아리사는 둘이 나란히 걷기 시작했다.

우선 교문을 나가서, 평소 두 사람의 하교 루트를 잠시 걷는다.

'이, 이제, 어떻게 하지…….'

……그 와중에 유즈루는 필사적으로 생각했다.

하교 중, 일반 도로라는 상황은 사죄하기에 적절하지 않다고 유즈루는 생각했다.

……소이치로나 아야카 같은 경우라면 이러쿵저러쿵 떠들지 말고 바로 사죄하라고 할 것이다.

요컨대 유즈루는 아직 각오가 되지 않았다.

"……."

유즈루는 아리사의 표정을 흘끗 살폈다.

하지만 아리사는 조금 전부터 계속 고개를 숙이고 있어서 그녀의 표정을 확인할 수는 없었다.

다음으로 유즈루는 주변의 풍경을 확인했다.

그랬더니 근처에서 카페를 발견했다.

"……아리사."

"예."

유즈루가 부르자 아리사는 퍼뜩 고개를 들었다.

굳어진 얼굴로 긴장한 표정인 아리사에게, 유즈루는 카페를 가리키며 말했다.

"저기로, 갈까?"

'……다 먹어 버렸어.'

케이크를 모두 먹고 커피를 마시며 유즈루는 내심 그렇게 중얼거렸다.

가게로 들어와서 모두 먹을 때까지, 두 사람 사이에 대화는 전혀 없었다.

'언제까지고 도망만 쳐서야, 안 되지…….'

유즈루는 그렇게 생각하고, 컵을 내려놓고는 아리사를 바라봤다.

마침 아리사와 눈이 마주치고 말았다.

유즈루의 심장이 두근거렸다.

하지만 긴장을 집어삼키고 유즈루는 입을 열었다.

""저, 저기…….""

그리고 동시에 아리사도 입을 열었다.

두 사람은 당황해서 입을 다물었다.

그리고 잠시 틈을 두고…….

"뭐야……?"

"뭘까요……?"

또다시 같은 타이밍에 그렇게 말하고 말았다.

"아, 아리사부터…….."

"아뇨…… 유즈루 씨부터. ……불러낸 건, 유즈루 씨, 잖
아요?"

"……그러네."

유즈루는 끄덕였다.

한 번 위를 올려다보고, 그리고 다시금 아리사를 돌아보
고는…….

"미안해. 네 기분을 제대로 헤아리지 못했어."

사죄했다.

"그게…… 정말로 강요하려는 마음은 아니었고, 네가 무
섭다면 괜히 무리를 할 필요는 없다고 생각한 게 진심이
야. 어―, 다만, 어디까지나 조금 추천하는 정도의 제안이
었다고 할까…….."

몇 번이고 가다듬었을 터인 사죄의 말은, 이미 유즈루의

머리에서 완전히 사라져 버렸다.

　그저 핑계를 대는 것처럼 변명하며, 자신의 생각을…….

　그리고 아리사와 화해하고 싶다는 마음을 유즈루는 전하려고 했다.

　그 사과에 아리사는…….

　"아뇨, 저도…… 잘못했어요."

　머리를 숙였다.

　"그게, 고등학생이나 되어서…… 주사가 무섭다니, 부끄러운 일이라고…… 생각해서. 뭐라고 할까, 멋대로 바보 취급을 당한 기분이 되었다고 할까……. 정말 미안해요. 성가신 이유로 토라져서…… 이래서야 어린애 같죠?"

　아리사는 부끄러운 듯 그렇게 말했다.

　유즈루는 그런 그녀에게 고개를 가로저었다.

　"그렇지 않아."

　"……정말로 그렇게 생각하나요?"

　"어, 그─, 아니, 아예 그런 생각이 없는 것도 아니긴 하지만……."

　유즈루는 살짝 시선을 헤맸다.

　"그래도, 그런 부분도 귀엽구나 해서……."

　"……역시, 바보 취급하는 거죠?"

　"아, 아니…… 그런 게 아니고……."

　"후훗……."

　유즈루가 당황한 모습으로 변명하려고 하자, 아리사는

즐거운 듯 입가에 손을 대고 웃었다.

놀리는 것을 알아차린 유즈루는 조금 울컥했다.

"……하지만 뭐, 고등학생이나 되어서 주사가 무섭다는 건 어떨까 싶은데 말이지?"

"고등학생이나 되어서, 스스로 정리도 못 하는 사람한테 듣고 싶진 않아요."

"아, 아니…… 최근에는 제대로 정리하잖아?!"

"순 거짓말. 제가 가기 직전에, 벽장 안에 전부 던져 넣는 거잖아요?"

"그, 그렇지는……."

어질러진 것을 억지로 벽장에 던져 넣고, 적당히 청소기를 돌려서 얼버무린다.

그것이 유즈루의 청소다.

겉보기에는 깨끗해지니까 제대로 얼버무렸다고 생각한 모양이지만…….

이미 꿰뚫어 보고 있었나 보다.

"유즈루 씨는 제가 없으면 안 될 것 같네요."

"뭐, 뭐어, 부정하진 않겠지만…… 그래도 전보다는 나아졌다고 스스로는…….."

"그럼, 지금부터 확인하러 갈까요."

"어? 지, 지금부터……?"

"안 되나요?"

"안 되는 건 아니지만…… 그게, 10분만…….."

"⋯⋯말하는 걸 봐서는, 역시나 어질러져 있군요."

"아, 아니, 그렇지는 않은데⋯⋯."

이리하여 두 사람은 화해했다.

화해 기념으로 데이트를 하자.

유즈루와 아리사, 두 사람 사이에는 그런 합의가 형성되었다.

굳이 따지자면 데이트의 명목으로 '화해'를 끌어다 썼을 뿐인 것 같기도 하지만…….

그건 제쳐 놓고.

문제는 장소였다.

"아리사는 어디 가고 싶어?"

"으—음…… 특별히 가고 싶은 장소는 없어요. 유즈루 씨는?"

"난 너랑 함께라면 어디든 괜찮아."

"그러니까 딱히 가고 싶은 장소도 없다는 거네요."

장소가 정해지지 않는다.

미술관, 박물관, 수족관 등 근처의 저렴하게 이용할 수 있는 시설은 이미 몇 번이나 방문했다.

물론 질렸다고 할 정도는 아니지만 모처럼의 '기념'이니까 조금 특별한 곳에 가고 싶다는 것이 본심이었다.

"일단 재미있어 보이는 장소가 없을지 조사해 볼까."

"그러네요."

둘이서 휴대전화를 써서 검색했다.

○○역 주변, 데이트 장소, 추천.

그런 느낌으로 조사했더니……

"음……."

"왜 그래? 아리사."

"……여기, 어떤가요?"

아리사는 그러더니 유즈루에게 휴대전화 화면을 보여 줬다.

가장 가까운 역에서 두 역 정도 떨어진 장소에 있는 카페 같았다.

하지만 평범한 카페가 아니었다.

"고양이 카페인가."

유즈루는 중얼거리더니 아리사의 얼굴을 봤다.

아리사는 눈을 반짝이며 유즈루를 가만히 바라봤다.

가고 싶어!! 라고 눈으로 호소하는 것을 알 수 있었다.

"어, 어떨까요?"

"재미있어 보이니까 거기로 할까."

유즈루는 고양이보다는 강아지파이기는 하지만, 고양이도 싫어하지는 않는다.

특별히 반대할 이유는 없어서 크게 끄덕였다.

"고마워요!"

유즈루의 대답에 아리사는 기쁜 듯 눈을 반짝였다.

※

이리하여 당일, 두 사람은 고양이 카페로 찾아왔다.

가게 안은 개방적인 구조로 되어 있고, 여기저기 고양이가 돌아다녔다.

"와와…… 유즈루 씨! 고양이가 있어요!!"

아리사는 대흥분한 모습으로 유즈루의 옷을 꾹꾹 잡아당겼다.

고양이 카페니까 당연하잖아.

그렇게 생각하는 한편, 유즈루도 조금 흥분했다.

이만큼 많은 고양이에게 둘러싸이는 것은 유즈루도 처음이었다.

아무래도 만날 수 있는 공간과 카페 공간으로 나뉘어져 있는 모양이라…….

고양이와 만나면서 음식을 먹을 수는 없는 듯했다.

두 사람의 목적은 음식이 아니라 고양이다.

그래서 두 사람은 음식은 패스하고 고양이와 놀 수 있는 공간으로 직행했다.

일단 적당한 자리에 앉아서 고양이들의 모습을 살폈다.

고양이들은 유즈루와 아리사를 신경 쓰지도 않고 느긋이 지내고 있었다.

"마, 만지러 가도 되는 거죠?!"

"되지 않을까?"

도망가는 고양이를 쫓지 마라, 무리하게 만지지 마라, 억지로 앉히지 마라…….

그런 말을 들었지만, 사람 쪽에서 다가가서는 안 된다는 말까지 듣지는 않았다.

애당초 만지는 요령으로 '시선을 고양이 높이로 맞추고 천천히 다가가세요'라는 느낌의 설명을 받았기에, 일단 사람 쪽에서 만지러 가는 것은 가게의 규정상 상정되어 있는 모양이었다.

'뭐, 애당초 사람 쪽에서 안 다가가면 절대로 못 만질 테니까…….'

첫 대면인 인간에게 쓰다듬어 달라고 다가올 만큼 애교 있는 고양이가 있다고는, 유즈루로서는 생각할 수 없었다.

그리고 유즈루가 지켜보는 가운데, 아리사는 고양이에게 다가갔지만…….

고양이들은 아리사의 얼굴을 흘끗 올려다보더니 총총히 거리를 벌리고 말았다.

그때마다 아리사는 분하다는 표정을 지었다.

'고양이란 그런 녀석들이란 말이지…….'

역시 강아지 쪽이 우호적이라서 좋다.

유즈루가 그런 생각을 하는데…….

"응……?"

다리에 무언가가 닿았다.

내려다보니 고양이 한 마리가 유즈루의 바지를 발톱으로 긁고 있었다.

일단 고양이가 긁어도 문제없는 옷을 입고 오긴 했지만, 굳이 긁도록 놔둘 생각은 없었다.

"잠깐, 그만해 주지 않겠니? 너⋯⋯."

유즈루는 고양이를 타일렀지만, 그러나 고양이가 유즈루의 말을 이해할 리도 없었다.

쫓아내려는 유즈루가 자리에서 내려와, 바닥에 가까워지자⋯⋯.

"이, 이런⋯⋯."

고양이는 그런 유즈루의 무릎 위로 뛰어올랐다.

그리고 제멋대로 축 늘어졌다.

"놀아 달라는 건가⋯⋯?"

일단 유즈루는 고양이의 머리를 가볍게 쓰다듬어 봤다.

고양이는 딱히 싫어하는 기색도 보이지 않고, 그러기는 커녕 크게 하품을 했다.

"유, 유즈루 씨⋯⋯?"

그곳으로 아리사가 다가왔다.

초췌한 표정으로 아리사는 유즈루에게 물었다.

"어, 어떻게 한 건가요⋯⋯?"

"나, 나한테 물어도⋯⋯."

고양이 쪽에서 다가왔을 뿐이다.

유즈루가 그렇게 이야기하자 아리사는 '납득할 수 없어!'

라는 표정을 지었다.

"저…… 고양이한테 미움받는 타입일까요……?"

고민하는 표정의 아리사를 보고서, 유즈루는 쓴웃음 지었다.

"뭐, 뭐어…… 고양이는 변덕이 심한 생물이라고 하니까. ……일단, 만져 볼래?"

"……도망가진 않을까요?"

"걱정해 봐야 어쩔 수 없지."

유즈루가 그렇게 말하자 아리사는 뜻을 다진 표정을 지었다.

천천히, 그리고 신중하게 유즈루의 무릎 위 고양이로 손을 뻗었다.

마침내 다정하게 쓰다듬자…….

"귀, 귀여워요……."

고양이는 도망가지 않았다.

이제까지와 딱히 다르지 않게, 유즈루의 무릎 위에서 태평히 늘어져 있었다.

고양이가 도망가지 않아서 기분이 좋아졌는지, 아니면 자신감이 붙었는지…….

아리사의 손놀림은 점점 대담해졌다.

"와아…… 지금 고롱고롱했어요!"

아리사는 기쁜 듯 미소 지었다.

평소 유즈루에게 보여주는 미소와는 조금 다른, 헤실헤

실 녹아내린 표정이었다.

그렇게 기뻐하며 고양이를 쓰다듬은 아리사와는 대조적으로…….

유즈루는 조금 따분해졌다.

아무리 그래도 둘이 함께 쓰다듬으면 고양이는 싫어할 것이다.

하지만 근처에 다른 고양이는 없고, 무릎 위에 자리 잡은 이상 다른 고양이를 찾으러 갈 수도 없었다.

하지만 지금 상황은 조금 심심했다.

그래서 유즈루는 고양이가 아닌 다른 것을 쓰다듬기로 했다.

"……유즈루 씨?"

아리사는 곤혹스러운 표정을 지었다.

유즈루가 쓰다듬은 것은 아리사의 머리였으니까.

"신경 쓸 것 없어."

유즈루는 그렇게 말하며 이런저런 방법으로 아리사를 쓰다듬었다.

머리를 다정하게 쓰다듬고, 머리카락을 부드럽게 쓸어내리고…….

그리고 뺨, 목덜미, 턱 밑을 쓰다듬었다.

"유, 유즈루 씨…… 조, 조금……."

얼굴을 붉히고 부끄러운 듯 몸부림쳤다.

그래도 저항하는 모습은 아니었다.

고양이가 놀라지 않게 하려는 것인지, 아니면……

"기분 나빠? 싫다면 그만둘 건데……"

유즈루는 새빨갛게 물든 아리사의 귀를 쓰다듬었다.

귓불은 부드럽고 무척 감촉이 좋았다.

"시, 싫은 건 아닌데요……"

부끄러운 듯 아리사는 몸을 꿈틀거렸다.

싫지 않다면, 유즈루는 사양 않고 아리사를 쓰다듬기로 했다.

그 후로도 아리사는 계속해서 간지러운 듯, 부끄러운 듯 굴면서도……

유즈루를 거절하지는 않았다.

이리하여 아리사는 고양이를, 유즈루는 아리사를 계속 쓰다듬는 것이었다.

그리고 데이트를 마치고 돌아가는 길.

"무척 좋았지, 고양이 카페."

유즈루는 만족스러운 표정으로 아리사에게 말했다.

아리사 역시도 만족스러운 표정을 짓고 있었지만……

"……유즈루 씨는 고양이보다도 절 쓰다듬었잖아요."

유즈루에게 쓴웃음 지으며 말했다.

"고양이보다도 네가 더 귀여우니까."

"……무슨 말을 하는 건가요, 정말."

아리사는 어이없다는 표정을 지었다.

하지만 '고양이보다도 귀엽다'라는 평가가 싫지만은 않은 듯했다.

아리사에게 고양이는 무엇보다도 귀여운 생물이니까, 그것보다도 귀엽다고 평가를 받는 것은 분명 최고의 칭찬이리라.

"저라면…… 고양이 카페에 안 가더라도 얼마든지 쓰다듬게 해 줄게요."

"정말로? 언제든지? 어디서라도? 어떤 곳이라도……?"

유즈루가 손가락을 움직이며 그렇게 말하자…… 아리사는 스윽 유즈루에게서 거리를 벌렸다.

그리고 가슴을 가리며 유즈루를 노려봤다.

"무, 무제한은 아니에요! 다른 사람의 시선이 있는 곳이라든지, 그럴 때는 안 돼요. ……야한 곳도 안 돼요!"

"딱히 그런 곳을 쓰다듬겠다고 하는 건 아닌데……."

제 무덤을 팠네?

마치 그렇게 말하는 듯 유즈루가 묻자 아리사는 얼굴을 붉혔다.

"유, 유즈루 씨는…… 야한 사람이니까, 안 된다고 하지 않으면 만질 거라고 생각한 거예요!"

"너무하네……."

그런 대화를 나누는 사이에 아리사의 집 앞에 도착했다.

"바래다줘서 고마워요."

"어, 그럼 내일 봐."

유즈루는 그렇게 말했지만······.

하지만 아리사는 집 안으로 들어갈 기미가 없었다.

유즈루의 안색을 흘끗 살피고······.

조금 있다가, 스스로 양팔을 벌렸다.

"······작별의 허그가 아직이에요."

"오오, 그랬지."

유즈루는 들으란 듯이 그렇게 말하더니 아리사를 꽉 끌어안았다.

잠시 안고 있자 아리사는 유즈루의 얼굴을 빤히 올려다봤다.

"왜 그래?"

"저기, 그게······."

부끄러운 듯 머뭇머뭇하는 표정을 짓는 아리사.

너무 애태우게 만드는 것도 가엾다고 생각한 유즈루는 아리사에게 물었다.

"작별의 키스······?"

아리사는 말없이 작게 끄덕이고는 가볍게 눈을 감고 뒤꿈치를 들었다.

유즈루는 그런 아리사를 받쳐 주며······.

입술에 가볍게 입맞춤했다.

입술을 떼고는, 조금 거리를 벌렸다.

아리사의 얼굴은 새빨갛게 물들어 있었다.

"그럼, 다시. ······내일 봐."

"예. ……유즈루 씨."

유즈루는 작별의 인사를 한 뒤, 아리사에게서 등을 돌려 그 자리를 떠났다.

"……."

아리사는 떠나는 유즈루의 뒷모습을 말없이 배웅했다.

입술에 손가락을 대며 살짝 부족하다는 표정을 짓고 있는 것을…….

유즈루가 알아차리는 일은 없었다.

※

유즈루와 아리사가 '화해'를 하고 얼마 후, 점심시간.

유즈루는 소이치로, 히지리와 함께 점심을 먹고 있었다.

물론 아리사와 싸운 것은 아니었다.

실제로 오늘 유즈루의 도시락은 아리사가 손수 만들어 준 도시락이었다.

유즈루에도 아리사에게도 친구와의 인연은 소중하고, 가끔은 남자끼리 여자끼리 대화를 나누고 싶을 때가 있는 것이다.

"그래서 화해는 했어?"

히지리의 물음에 유즈루는 끄덕였다.

"응. ……걱정을 끼쳤네. 큰 도움이 되었어."

유즈루가 감사의 말을 입에 담자…… 소이치로는 크게

끄덕였다.

"정말이지. ……우리 쪽은 너희가 결혼하는 걸 전제로 이것저것 생각하고 있으니까."

소이치로의 일족…… 사타케 가문과 타카세가와 가문은 관계가 깊다.

애당초 소이치로의 동생은 유즈루 동생의 약혼자 후보이기까지 했다.

유즈루와 아리사…… 타카세가와 가문과 아마기 가문의 정략결혼을 전제로 사타케도 움직이는 이상, 이런 전제조건이 무너지는 것은 앞으로의 활동에 영향이 미칠 것이다.

"……딱히 파혼이 될 정도의 이야기도 아니었잖아."

그렇지만 유즈루로서는 그렇게까지 걱정을 했다는 것은 역시나 유감이었다.

확실히 조금 삐걱댔지만…… 약혼을 파기할 정도의 일은 아니었다.

싸우는 중에는 약혼이 파기되지는 않을지 고민한 것은 사실이지만, 지금 와서 보면 대단한 이야기도 아니었다.

……유즈루는 그렇게 생각하고 있었다.

"그렇게 되지 않고 그친 건 우리 덕분이잖아?"

"이제는 끝일지도 모르겠다느니 한 건 누구냐고."

"그건…… 음, 으—음."

소이치로와 히지리의 지적에 유즈루는 입을 다물었다.

괜한 걱정이었다 주장하고 싶은 참이지만, 그 괜한 걱정을 한 것이 당사자인 유즈루였으니까. 뭐라 반론하기가 힘들었다.

"그런데 주사는 맞기로 했어?"

"……나는 어디까지나 추천했을 뿐이고, 그건 아리사가 선택할 일이니까."

히지리의 물음에 유즈루는 그저 애매한 미소를 짓고 대답했다.

요컨대 '주사 문제'는 그저 미루어진 것이다.

이 이야기에 소이치로와 히지리는 쓴웃음을 지었다.

다만 그들로서는 유즈루와 아리사가 화해를 했다는 사실이 중요하고, 두 사람이 실제로 주사를 맞을지는 아무래도 상관없는 일이었다.

그런 문제는 커플끼리 멋대로 결정하라는 것이 본심이었다.

"일단 아리사 씨와의 관계는 괜찮은 느낌이 되었다는 걸로 이해하면 되겠지?"

설마 또 주사 문제로 다투지는 않겠지?

그렇게 못을 박듯이 소이치로는 유즈루에게 물었다.

"으음…… 뭐……."

소이치로의 물음에 유즈루는 불분명하게 대답했다.

이 대답에 두 사람은 나란히 미간을 찌푸렸다.

"아직도 무슨 일 있는 거야?"

"주사 다음은 뭔데?"

또 하찮은 일로 싸우는 거냐?

그렇게 걱정이 깊어진 두 사람에게, 유즈루는 황급히 그것을 부정했다.

"아, 아니, 싸우는 건 아냐. ……얼마 전에도 고양이 카페에서 데이트를 하고, 아리사를 쓰다듬고 왔으니까."

"고양이를 쓰다듬으라고."

"갑자기 자랑하지 마."

"질투하지는 말고."

유즈루의 말에 소이치로와 히지리는 그를 노려봤다.

농담인데…… 유즈루는 어깨를 움츠렸다.

"아니, 뭐라고 할까…… 대단한 일은 아니지만, 나랑 아리사의 약혼은…… 정략결혼이잖아?"

"그렇지."

"그게 어쨌는데?"

"아리사는 연애결혼이라 생각하는 모양이라……. 아, 그렇게 보고 있었구나, 생각했다라는…… 그것뿐인 이야기인데…….'"

유즈루에게, 유즈루와 아리사의 약혼은 '정략결혼'이고 부모가 정한 일이다.

물론 최종적으로 아리사와 인생을 걸고 싶다며 결정한 사람이 유즈루라는 것은 사실이다.

그 부분에는 유즈루의 확고한 의지가 있다.

설령 부모의 결정이라 하더라도 싫은 상대와의 결혼이라면, 그 결혼에 아무리 큰 이익이 있다할지라도 인생을 함께 걸어갈 수 없다.

　그리고 또한 새삼스럽게 '아리사와 헤어져라' 요구해도, 유즈루는 그것을 받아들일 생각은 없다.

　이미 유즈루에게 두 사람의 관계는 '정략결혼'이나 '부모가 정한 약혼자'를 뛰어넘었다.

　그러니까 연애결혼이라는 인식은 틀리지 않고 오히려 올바르다.

　하지만…….

　그래도 애당초 전제는 '정략결혼'이고, 그 요소도 여전히 존재한다.

　유즈루는 그렇게 생각하고 있었다.

　"응? ……하지만 너희, 둘 다 연애 감정을 품고 있잖아? 아리사 씨의 인식도 그렇게 이상한 것도 아니라고 할까, 맞다고 생각하는데, 아니야?"

　유즈루가 마음에 걸린다는 것이 무엇인지 알 수 없다.

　그런 표정인 히지리에게 유즈루도 고개를 끄덕이며 설명했다.

　"아니, 그도 그렇고, 나도 연애결혼이기도 하다고는 생각해. 하지만…… 정략결혼이 아닌 건 아니잖아. 어—, 그러니까……."

　유즈루 본인도 마음에 걸리는 것이 무엇인지 좀처럼 알

수가 없었다.

그저 아리사의 인식과 자신의 인식이 어딘가 조금······ 어긋나고 있다.

그런 생각이 가시지를 않는 것이었다.

"······정략결혼이기도 한데, 정략결혼이라는 걸 부정하는 게 이해가 안 된다. 그런 느낌이야?"

소이치로는 턱에 손을 대며 유즈루에게 물었다.

유즈루는 잠시 생각한 뒤······ 끄덕였다.

"······그러네. 아마도, 그거야."

유즈루는 이전에 아리사와 나눈 대화······ 그 위화감을, 미묘한 인식의 차이를 깨달았을 때의 대화를 떠올렸다.

유즈루는 그때 아리사에게 '우리는 정략결혼이기도 하잖아?'라고 말했다.

한편 아리사는 '정략결혼이 아니라 연애결혼이라고요?'라고 반론했다.

요컨대······.

"아리사에게는······ 정략결혼과 연애결혼은 반대말인가, 마음에 걸렸어."

유즈루에게 그 둘은 양립하는 것이다.

하지만 아리사에게 그 둘은 모순되는 것인 듯했다.

아마도 인식의 차이는 그 부분에 있다.

"뭐, 확실히······ 그건 이상한 이야기네. 연애 감정을 강조하는 건 알겠지만, 그렇다고 해서 정략적인 요소를 부정하는 건 또 다를 테니까."

소이치로는 유즈루에게 찬성하는 뜻을 드러냈다.

하지만…….

"아니…… 딱히 그렇게까지 이상한 부분도 아니잖아? 일반적으로…… 연애결혼의 반대는, 맞선 결혼이라든지 정략결혼이잖아."

그러면서도 히지리는 '내가 이상한 거야?' 하고 마음속으로 자신의 가치관에 의문을 품었다.

확실히 맞선이나 정략결혼에서 연애 감정이 아예 배제된다고 단정할 수는 없다.

그렇지만…….

"……지금은 연애결혼이 당연하니까. 부모가 결혼 상대를 고르는 전통이 있는 건 너희들 정도겠지."

일반적으로는 자신의 인식이 올바를 터라고, 다시금 생각했다.

연애결혼과 정략결혼의 차이는 결혼의 주된 목적에 있을 것이다.

전자는 두 사람의 연애 감정이고, 후자는 가문 사이나 경제적인 이익이다.

연애 감정과 경제적 이익이 양립하는 것은 부정할 수 없지만, 그렇다고 연애결혼과 정략결혼이 양립하는 것은 아니다.

무엇이 전면으로 나오는지, 그것으로 명확하게 구별할

수 있을 것이다.

"음, 일반론을 들으니, 확실히……."

유즈루도 자기 집안이 특수하다는 것은 이해하고 있다.

그 부분을 지적하니 내가 잘못된 건가? 하는 생각도 들었다.

"뭐, 그런 쪽으로는 말의 해석 문제겠지. 요컨대 아리사 씨는, 너와의 관계에서는 연애 쪽을 전면으로 내세우고 싶다. 그런 게 아닐까? 돈이 목적이라든지, 부모가 정해서 그렇다든지 그런 게 아니고. 너도 그건 마찬가지잖아?"

"흠, 뭐…… 그러네."

소이치로의 말에 유즈루는 수긍했다.

두 사람이 연애 감정으로 깊이 맺어졌다는 점에서는 유즈루도 아리사도 인식은 같다.

두 사람의 인식 차이는 단순한 말의 해석 차이다.

유즈루는 그렇게 결론짓기로 했다.

"그런데, 어째서 그런 이야기를 하게 된 거야?"

"응? 어…… 치하루한테 자기 아이랑 우리 아이를 결혼시킨다면, 우에니시랑 타카세가와의 관계가 수복된 걸 내외에 알릴 수 있지 않겠냐고…… 그런 제안을 받아서."

타카세가와 가문과 우에니시 가문의 사이가 나쁜 것은 나름대로 유명한 이야기다.

물론 유즈루와 치하루의 관계가 나쁘지 않은 것은 분명하지만…….

개인과 가문 사이의 관계는 전혀 다른 것이다.

"이건 또, 성급한 이야기네. 역시나 우에니시…… 낡아 빠지기로는 타카세가와 가문이랑 좋은 승부가 되겠어. 둘 사이가 나쁜 건, 역시 동족혐오 아닐까?"

"……낡아 빠져서 미안하네."

소이치로의 말에 유즈루는 미간을 찌푸렸다.

낡아 빠졌다고 하면 그다지 좋은 기분은 아니다……만, 부정할 수는 없었다.

"하지만 우에니시랑 타카세가와가 인연을 맺는 건, 시대가 변한 상징으로서는 나쁘지 않겠는데. 시대가 변했다는 걸 보이기 위한 상징치고 수단이 골동품이라는 점을 제외한다면 말이지만……."

"아니, 잠깐만. 아직 태어나지도 않았고, 애당초 결혼한 것도 아닌데 미래에 생길 자식의 결혼을 결정하지 말라고. ……너희 업계에서는 그게 상식이야?"

낡아 빠졌지만 나쁜 이야기는 아닌 것 같다.

그렇게 찬성을 표하는 소이치로를, 히지리는 조금 당황한 모습으로 가로막았다.

그의 표정에는 곤혹스러운 기색이 엿보였다.

한편 유즈루와 소이치로는 서로 얼굴을 마주 보고…….

쓴웃음을 지었다.

"설마. 그럴 리가 없잖아."

"어디까지나 결혼해 준다면 기쁘겠네…… 그 정도 이야

기야."

"그, 그런가?"

아니, 하지만 태어나지도 않은 자식의 이야기를 하는 시점에서 '김칫국부터 마신다'는 소리고……

역시나 일반적인 가치관에서는 벗어난 게 아닌가?

히지리는 그렇게 생각했지만……

딱히 유즈루와 소이치로, 두 사람은 그 부분에 의문을 품지 않는 것 같았으니까 입을 다물기로 했다.

'그렇구나, 아리사 씨는…… 고생하겠네……'

히지리는 그런 생각을 하며 쓴웃음 지었다.

그리고 유즈루와 소이치로가 히지리의 그런 생각을 알아차리는 일은 없었다.

맞선 보고 싶지 않아서
억지스러운 조건을 달았더니
동급생이 온 일에 대해서

제2장

'약혼자'와 아르바이트

타카세가와 유즈루는 아르바이트 중이었다.

그것은 '최소한의 생활비는 스스로 벌 것'이 유즈루가 자취를 하는 조건이기 때문이었다.

애당초 유즈루의 자취는 본래 필요가 없는 일이다.

그러니 필요가 없는 도락에 쓸 만큼의 돈은 제대로 직접 벌어라.

……그런 논리였다.

그래도 유즈루에게도 자유롭게 쓸 수 있는 돈이 수중에 있는 것은 나쁜 일이 아니었다.

게다가 이런저런 일을 체험할 수 있는 것은 즐거운 일이었다.

그렇게 그날도 유즈루는 남자 탈의실에서 옷을 갈아입고 일에 나서려 했지만…….

"저기저기, 여자친구하고는 어떻게 됐어?"

갑자기 중성적인 용모의 남성이 불러 세웠다.

그의 이름은 하세가와 히로미.

유즈루의 고용주이자 이 레스토랑의 주인.

그리고 유즈루 어머니의 오랜 친구이기도 했다.

"예. 무사히 화해할 수 있었어요."

"그러니. 그건 잘됐네."

생글생글 미소를 짓는 히로미.

그리고…… 유즈루에게 귓속말을 했다.

"그런데, 어디까지 나갔어?"

"……어디까지, 라뇨?"

"그야 뻔하잖아. 진도의 ABC 중 어디까지 갔어?"

"엄청 아재 같은 표현이네요."

"난 아재야."

외모는 젊지만 히로미는 유즈루 어머니와 동년배.

참고로 이렇게 보여도 처자식이 있기도 하다.

두 아이의 아빠다.

나름대로 번창하고 있는 음식점의 주인이니까 가정을 가지고 있는 것은 딱히 이상한 이야기도 아니지만.

"……A는 입술까지인가요?"

"뭐, 그렇지 않나?"

"그렇다면 A는 달성했네요."

"……B는?"

"B라는 건…… 어느 정도인가요?"

"그게 들어가지 않는 정도의 야한 거."

"그건 아무래도 아직……이네요."

유즈루가 그렇게 대답하자 히로미는 눈을 크게 떴다.

'의외다!'라는 표정으로 입을 손으로 막았다.

"최근의 젊은 애들은 진도가 팍팍 나가니까, 틀림없이 B 정도까지는 갔다고 생각했는데."

"절도 있는 교제를 명심하고 있어서요."

"그것도 좋지만, 너무 지나치게 절도를 지키다가는 미움받는다고."

"……아니, 딱히 제가 그런 쪽에 무관심하다고, 말할 수는 없네요."

유즈루도 한창 때의 고등학생.

가정 사정이나 애인 관계는 조금, 아니, 상당히 특수할지도 모르겠지만 욕구는 남들만큼 가지고 있다.

애인과 이런 일 저런 일을 하고 싶다는 기분은 당연히 있다.

하지만…….

"여자친구 쪽이 잘 모르는 거야?"

"뭐…… 그런 느낌일까요?"

최근에는 그렇지만도 않은 것 같다는 느낌이 없지도 않지만…….

유즈루가 그렇게 생각하며 대답하자 히로미는 그렇구나, 고개를 끄덕였다.

"그렇구나. 대담한 아이라고 생각했는데……."

"……소개한 적, 있었던가요?"

마치 본 적이 있는 것 같은 히로미의 표현에 유즈루는 무심코 고개를 갸웃거렸다.

그러자 히로미는 당황한 기색으로 고개를 가로저었다.

"서, 설마……. 그러네, 그랬구나……. 유즈루 군의 여자친구인걸. 틀림없이 좋은 가문의 아이겠지."

"예, 뭐……."

유즈루는 애매하게 수긍했다.

아리사가 세간의 일반적인 기준으로는 좋은 가문이라는 것은 부정하지 않는다.

하지만 좋은 가문이니까 그런 것인가 묻는다면, 유즈루는 고개를 갸웃거릴 수밖에 없었다.

단순히 아리사의 성격, 기질이 차지하는 비중이 더 클 것이다.

그녀는 조금 겁이 많은 구석이 있었다.

"그러네—, 억지로 넘어뜨리라고 할 수도 없고. 서두르지 말고 천천히, 하지만 기회는 놓치지 않도록 해. 무드가 중요하다고, 무드."

"명심할게요."

무드라니, 구체적으로 어떻게 만드는 거야?

유즈루는 그렇게 생각하면서도 끄덕이고…… 이어서 시계를 흘끗 확인했다.

"그럼, 전 슬슬 일하러……."

슬슬 정해진 시프트 시간이다.

이런 장소에서 언제까지고 수다 떨고 있을 수는 없었다.

"어머나. ……그럼 슬슬 본론으로 들어갈까."

"본론……?"

"그래. 사실은…… 오늘부터 새로 알바가 오거든."

"호오…… 그럼 제가 일을 가르쳐 주면 되는 건가요?"

"응. 선배로서 다정하게 해달라고?"

히로미의 말에 유즈루는 쓴웃음 지으며 끄덕였다.

그래봐야 아르바이트생 다수는 대학생이라 유즈루보다 더 연상이기도 했다.

그들, 그녀들이 유즈루에게 취하는 태도는 다양하지만, 연상에게 '선배!' 같은 말을 들으면 조금 간질간질한 기분이 든다.

"그래서…… 그 알바는?"

"슬슬 옷도 갈아입었을 테니까. ……어때? 준비됐어?"

히로미는 여자 탈의실 쪽을 향해 그렇게 물었다.

그러자 문 너머에서 '예!' 하고 활기 넘치는 목소리가 들렸다.

무척 귀여운 목소리였다.

……그리고 기억에 있는 목소리였다.

"……기다리셨죠."

천천히 탈의실 문이 열리더니…….

하얀 블라우스에 검은 조끼와 바지를 입은 여자아이가 모습을 드러냈다.

신체 라인에 딱 맞도록 만들어진 그 제복은 소녀를 멋있게 보이도록 만드는 것과 동시에, 소녀가 본래 가지고 있는 여성스러운 곡선을 강조해서 더욱 요염하게 보이도록 만들기도 했다.

아름다운 아마포색 머리카락을 묶어 올린 그 소녀…….

유키시로 아리사는 비취색 눈동자에 호를 그리며 유즈루를 향해 말했다.

"앞으로 잘 부탁할게요. ……선배?"

장난스럽게 미소 지었다.

※

시간을 일주일 정도 거슬러 올라가서…….

유즈루의 아르바이트처 점장, 하세가와 히로미는 채용 면접을 진행하고 있었다.

최근에 조금 인원이 부족하다고 느꼈기에, 한 사람 정도 채용했으면 좋겠다고 생각하던 참…….

어느 소녀가 아르바이트를 하고 싶다며 전화를 해서 면접을 진행하게 되었다.

"넌 아르바이트를 왜…… 하고 싶은지는 돈이 필요해서 그런 거겠지만, 어떤 곳에 쓰고 싶니?"

하세가와 히로미는 긴장한 표정인 눈앞의 소녀에게 물었다.

아름다운 아마포색 머리카락에 비취색 눈동자, 선이 깊은 얼굴까지 일본인과 동떨어진 외모인 그 여자아이는 아직 고등학교 2학년이라고 한다.

그것도 나름대로 명문교로 알려진 사립 고등학교에 다니고 있다.

소녀와 같은 고등학교에 다니는 남자아이를 채용하고 있으니까 알지만, 그 고등학교의 학비는 결코 저렴하지는 않다.

소녀의 매무새도 결코 나쁘지 않았다.

그래서 소녀의 가정이 가난하다고 생각하기는 힘들다. 그렇기에 돈의 사용처가 신경 쓰였다.

……같은 고등학교의 남자를 한 명 채용하고 있는 이상, 히로미는 고등학생이라는 이유로 채용하지 않는다는 선택지는 없다고 생각했다.

하지만 신중해야 한다고도 생각했다.

"선물을 주고 싶은 사람이 있거든요."

"선물? ……부모님한테 용돈 같은 건 안 받니?"

"……예, 용돈은 안 받아요. 물론 원하는 게 있다고 하면 사주실 테지만…… 하지만 그건 제가 주는 선물이라고 그러긴 어렵지 않을까요."

"……흠."

아무래도 정기적으로 용돈을 주지는 않고, 필요한 물건이 있을 때에 사준다는 교육방침인 듯했다.

히로미는 다른 집의 교육방침에 굳이 참견할 생각은 없었지만…….

확실히 그래서는 스스로 '선물'을 한다는 느낌은 희박해질 것이다.

"하지만 평범한 아이는 부모님한테 용돈을 받아서 선물을 주기도 하지? 그건 딱히 이상하진 않잖아?"

"예. 하지만…… 그게, 그이는 직접 아르바이트를 해서 번 돈으로 저한테 선물을 해줬으니까요. 그에 답례를 한다면 역시나 저도 아르바이트를 해서 번 돈으로 선물을 해주고 싶거든요."

"……흠."

'그이'라는 말을 히로미는 놓치지 않았다.

아마도 그 상대는 애인일 것이다.

그러니까 평범하게 생각하면 그 상대는 대학생이나 고등학생이다.

……그때 히로미는 깨달았다.

그렇다, 히로미의 레스토랑에서는 이 소녀와 같은 나이의 남자아이가 일하고 있다.

게다가 그 소년은 최근 ——이라고 해도 반년 정도 전이지만—— 애인한테 선물을 주기 위해서 돈이 필요하다고 했다.

"……혹시 그 상대는, 네 동급생?"

"예?! 제, 제가, 유즈루 씨라고 했나요?!"

그리고 소녀…….

유키시로 아리사는 당황해서는 자신의 입술에 손을 대

며 말했다.

아무래도 무척 솔직하게 알기 쉬운 성격인 듯했다.

히로미는 무심코 쓴웃음 지었다.

"유즈루 군이 미인인 애인이 있다고 그랬으니까. 혹시나 싶어서."

"미, 미인이라니…… 그, 그건……."

부끄러운 듯 아리사는 뺨을 붉혔다.

하지만 아주 싫지만도 않다는 표정이었다.

그렇구나, 이건 귀엽다고 히로미는 생각했다.

"뭐, 아르바이트를 하고 싶은 이유는 어찌어찌 알 것 같은데……, 그럼 유즈루 군한테 소개를 부탁했으면 되는 거 아니니?"

물론 유즈루가 소개한다고 해서 곧바로 채용할 정도로 히로미도 바보는 아니었다.

하지만 유즈루를 통해서 소개를 받는 편이 더 채용이 잘되겠다고 생각하는 것이 보통이고…….

또한 히로미로서도 유즈루를 통해서 소개받는 편이 채용하기 편하다.

면접으로는 알아보기 힘든 인품에 대해, 유즈루한테 물어볼 수 있으니까.

애인한테 조금 심각하게 빠진 유즈루이지만, 그래도 맞지 않는다고 생각하면 틀림없이 사실대로 히로미에게 대답해 줄 것이다.

히로미는 그런 의미에서는 유즈루를 신용했다.

"그건…… 그럴지도 모르겠지만요. 하지만…… 유즈루 씨한테 줄 선물을 하는데 바로 그 유즈루 씨의 힘을 빌리는 건, 역시 좀 아니잖아요."

"그렇다면 유즈루 군이랑 다른 곳에서 일하면 되는 거 아닐까?"

히로미로서는 아리사를 채용해도 되지 않을까 생각하고 있었다.

요리가 특기라는 본인의 자기신고는, 유즈루의 애인 자랑으로 보증을 받았다.

그리고 얼굴도 단정하고 태도 등에도 문제는 없다.

주방 스태프로서도, 홀 스태프로서도 일할 수 있다.

하지만…….

직장을 데이트 장소라 착각하기라도 하면 곤란하다는 생각도 있었다.

"그건…… 확실히 저도 몰래 아르바이트를 해서 유즈루 씨를 놀라게 만드는 것도 생각했어요. 하지만…… 그러다가 유즈루 씨를 불안하게 만드는 건 좋지 않겠다 싶어서."

"확실히……."

히로미는 아리사의 용모를 다시금 확인하고, 수긍했다.

이런 귀여운 여자아이가 직장에 온다면, 대부분의 남성은 들떠서 들이댈 것이다.

……그 모습을 상상하는 것은 간단했다.

이렇게까지 귀여운 애인이 자기가 모르는, 손이 닿지 않는 곳에서 일하는 것은 확실히 불안할 요소다.

"그리고 아버지가…… 유즈루 씨와 같은 직장이라면 일해도 된다고 그랬어요. ……타카세가와 가문의 아들이 일하는 곳이라면 문제없다고."

"그건 또…… 고마운 평가네."

히로미는 쓴웃음 지으면서도 납득했다.

유즈루가 걱정하는 것 이상으로 보호자가 걱정하는 것도 당연한 일이다.

"언제부터 일할 수 있어?"

히로미는 아리사에게 물었다.

아리사는 눈을 반짝이고 몸을 내밀었다.

"지금 당장이라도! ……그렇게 말하고 싶은 참이지만, 그게……."

"첫날은 유즈루 군이랑 같이 잡으면 되겠어?"

"아, 예. ……안 될까요?"

"설마. ……기왕이니까, 제대로 놀라게 만들어 줄까?"

히로미는 미소 지으며 윙크를 했다.

예상치 못한 히로미의 제안에 아리사는 조금 놀란 표정을 드러냈지만…….

"예. 그렇게 해요!"

받아들였다.

이리하여 아리사는 히로미의 레스토랑에서 일하게 된

것이었다.

※

"어? 아, 아리사……?!"

갑자기 나타난 약혼자의 모습에 유즈루는 그만 곤혹과 당혹이 섞인 소리를 낼 수밖에 없었다.

아리사와 히로미의 얼굴을 몇 번이고 번갈아서 봤다.

"이것 참—, 역시 미인은 뭘 입어도 어울리네!"

기쁜 듯 히로미는 몇 번이고 끄덕였다.

한편 아리사는 부끄러운 듯 수줍어하며 유즈루에게 물었다.

"어떤가요? ……어울리나요?"

아리사의 그 물음에 유즈루는 간신히 '신입=아리사'라는 구도를 받아들일 수 있었다.

유즈루는 미소를 짓고 끄덕였다.

"응, 무척 잘 어울려. 예쁘다고 생각해."

유즈루가 그렇게 대답하자 아리사는 기쁜 듯 표정이 풀어졌다.

히로미는 그런 두 사람을 보며 눈가에 호를 그렸다.

"그럼 일단…… 유즈루 군. 아리사 양한테 일, 가르쳐 줘. 우선은 잡무부터."

"예, 알겠어요. 그럼 일단…… 아리사 이쪽으로 와줘."

"예…… 선배!"

아리사는 미소를 지으며 그렇게 말했다.

……후배 속성이라는 것도 괜찮구나, 유즈루는 그 모습을 보며 마음속으로 생각했다.

"일단 설거지부터 가르쳐 볼까."

"오오…… 그럴듯하네요!"

어째선지 기쁘다는 표정을 짓는 아리사.

유즈루는 쓴웃음을 짓고 그 장소까지 안내했다.

"뭐, 식기 세척기 조작하는 방법을 가르쳐 주는 것뿐이지만……."

"……그렇겠죠."

규모가 작은 가게라면 모를까, 하세가와 히로미가 운영하는 레스토랑은 나름대로 컸다.

식기를 하나하나 직접 설거지하다가는 시간이 늦어지고 인건비가 아깝다.

그래서 식기 세척기를 사용했다.

"다만 밥알 같은 건 잘 안 떨어지니까, 그런 건 사전에 가볍게 물로 헹궈서 씻어 내고 넣어야 돼."

"그렇군요…… 우리 집이랑 같네요."

끄덕끄덕 고개를 움직이며 아리사는 귀여운 메모장에 필기를 했다.

그 후로도 유즈루는 아리사에게 공들여서 일을 가르쳐

주었다.

그렇지만 유즈루가 가르쳐 줄 수 있는 것은 어디까지나 잡무와 홀 스태프로서의 일뿐.

아리사는 주로 주방 스태프로서 일하는 것을 전제로 채용되었기에…….

"……그럼, 아리사. 주방 일은 그 사람한테 물어보도록 해. ……나는 모르니까."

"예. ……감사했습니다, 유즈루 선배."

아리사는 조금 쓸쓸한 표정을 지으면서도…….

역시나 근본은 성실하기도 해서, 유즈루에게 이상한 미련을 남기지 않고 주방 스태프 선배에게 일을 배우러 갔다.

그리고 처음에는 유즈루도 진지하게 일을 했지만…….

'……아니, 하지만 역시 처음 하는 일이니까 틀림없이 긴장하고 있겠지.'

아무래도 걱정이 되어서 슬쩍 주방의 상황을 살피러 가고 말았다.

그곳에서는…….

"와아…… 유키시로 씨, 식칼 잘 쓰네요!"

"익숙하니까요."

아리사는 멋진 칼솜씨를 선보이고 있었다.

그것만이 아니라, 이미 레시피를 확인하며 음식을 몇 가지 만드는 모양이었다.

이미 아리사는 즉시 전력감으로 활약하고 있었다.

"이것 참, 설마 이렇게까지 요리를 잘할 줄이야. 역시 바탕이 있다는 건 중요하구나. 채용하길 잘했어."

무심코 유즈루가 돌아봤더니 만족스러운 표정을 짓는 히로미가 서 있었다.

그는 유즈루에게 싱긋 미소를 건넸다.

"유즈루 군도 일, 제대로 해야지?"

"아, 예. 물론이죠……!"

아리사에게 질 수는 없다.

유즈루는 스스로를 고양시키며 더더욱 일에 집중했다.

※

"……피곤하네요."

돌아가는 길, 아리사는 한숨과 함께 그리 말했다.

앞으로 계속 할 수 있을지 불안하다…… 그런 표정을 짓는 아리사에게 유즈루는 다정하게 말을 건넸다.

"처음이 가장 힘드니까. 금세 익숙해져."

"그런 걸까요?"

"그런 거야."

유즈루의 말에 아리사는 조금 안도한 표정을 지었다.

그런 아리사에게 유즈루는 신경 쓰이던 것을 물었다.

"……그런데 왜 갑자기 아르바이트를? 뭔가 필요한 게 있어?"

"……아뇨, 딱히 그런 건 아니에요."

아리사는 곧바로 그렇게 부정했다.

그리고 담담하게 대답했다.

"최근에 우리 집에서는 가사를 분담하게 되어서요. 결과적으로 조금 한가해져서…… 아르바이트를 해볼까, 했어요."

"……그렇구나."

유즈루는 왜인지 아리사가 사실을 그대로 말하지 않는다고 여겨졌다.

하지만 그것은 어디까지나 유즈루의 감에 불과하다.

아리사의 설명에 이상한 점은 없고, 부정할 요소도 보이지 않았다.

'……자유롭게 쓸 수 있는 돈이 필요하다든지, 그런 것도 있을까?'

아마기 가문의 용돈 제도는 정해진 용돈을 주는 것이 아니라, 무언가 필요한 물건이 있을 때에 필요한 만큼을 주는 형식이라고 들었다.

본인이 사양하지만 않는다면 곤란할 일은 없지만, 아리사의 성격상 '저거 살래!' 하고 말을 꺼내기에는 심리적인 허들이 높을 것이다.

그런 의미에서는 마음 편히 쓸 수 있는 돈이 있다면 정신적으로 편해질지도 모른다.

"나한테 말하면 소개해 줬을 텐데."

"놀라게 만들고 싶었으니까요."

싱긋 아리사는 웃더니…….

발길을 돌렸다.

어느샌가 그곳은 아리사의 집 앞이었다.

"바래다줘서 고마워요."

아리사는 그러더니 유즈루를 돌아보고 살짝 뒤꿈치를 들었다.

유즈루는 그런 아리사의 어깨에 손을 얹고 가볍게 끌어당겼다.

아리사는 눈을 감고…….

유즈루는 그런 그녀의 입술에 입맞춤했다.

"그럼 갈게."

"예."

이리하여 아리사의 첫 출근은 무사히 종료된 것이었다.

※

아리사가 일을 시작하고 약 일주일이 지나…….

일에도 익숙해져서, 잡무는 물론이고 주방 일도 문제없이 소화하게 되었다.

"이것 참―, 아리사 양, 일을 배우는 게 빨라서 큰 도움이 되네."

히로미는 싱글싱글 기쁜 듯 그렇게 말했다.

"역시 아리사야."

유즈루 역시도 동의하듯 수긍하자 아리사는 조금 부끄러운 듯 머리카락을 쓸어 넘기며 대답했다.

"요리는 원래 할 줄 알았어서…… 그냥 레시피만 익혔을 뿐이니까요."

조리기구 사용법이나 재료 손질법, 불 조절 요령 등은 이미 몸에 배어 있었다.

레시피 쪽으로는 아리사 스스로가 성실하고 공부도 잘하니까 익히는 것도 빨랐다.

그러니까 주방 업무는 아리사에게 무척 '잘 맞는' 일이었던 것이다.

"그럼 슬슬 홀 쪽도 배워 보도록 할까?"

"홀, 인가요……."

"가능하면 아리사 양은 홀을 메인으로 일을 해줬으면 하니까."

아리사는 용모가 괜찮다.

히로미로서는 그런 아리사를 주방에만 두는 것은 너무나도 아깝다고 생각했다.

가능하다면 홀 스태프로서, 레스토랑의 꽃으로서 활약했으면 좋겠다.

홀이 가능한 주방 스태프가 아니라, 주방이 가능한 홀 스태프로서 일을 해줬으면 좋겠다.

그것이 히로미가 아리사에게 원하는 역할이었다.

"싫다면 무리하게 요구하진 않겠지만⋯⋯."

그렇지만 히로미는 결코 억지로 강요할 생각은 없었다.

아리사는 주방 스태프로서도 충분 이상으로 우수했다.

애당초 유즈루처럼 홀이나 주방에서만 일하는 스태프도 적지 않다.

"아뇨, 시켜 주세요."

아리사는 크게 끄덕였다.

유즈루와 함께 일 해보고 싶다. 유즈루와 같은 일을 해 보고 싶다는 생각이 당연히 있었다.

주방에서 하는 일은 결코 싫지 않았지만⋯⋯.

유즈루와 같은 직장에 있는데도 거의 교류가 없다는 것은 조금 아쉽다고 생각했던 것이다.

하지만 홀에서 일한다면 '일을 배운다'라는 명목으로 유즈루와 대화를 나눌 수도 있다.

"그건 다행이네. ⋯⋯그럼 유즈루 군, 부탁할게?"

"예. 알겠어요."

유즈루가 받아들이자 아리사는 작게 미소 지었다.

"⋯⋯부탁할게요, 선배."

"그래!"

선배⋯⋯ 좋은 울림이다.

다시금 유즈루는 그렇게 생각했다.

※

"으—음, 미소가 조금 딱딱한가……."

그날의 일이 끝난 뒤.

히로미는 쓴웃음을 짓고 그렇게 말했다.

아리사의 접객은 유즈루나 히로미가 생각하던 것보다도 어색했던 것이다.

미소는 굳어지고, '어서 오세요'를 하다가도 그만 혀를 씹고 말았다.

그런 느낌이었다.

"뭐, 처음에는 그런 법이겠지."

한편 약혼자에게 무른 유즈루는 그렇게 말했다.

다만 유즈루의 평가가 유난히 아리사에게 무른가 하면 그런 것도 아니었다.

첫 접객으로 긴장하는 것은 당연하다.

확실히 미소는 굳어졌고, 몇 번이나 말실수했지만…… 그 정도였다.

치명적인 실수——예를 들면 손님한테 요리를 머리부터 쏟아 버린다든지——는 저지르지 않았다.

지극히 평범한…… 그렇게 능숙하지는 않은 사람의 범위 안이었다.

계속 일하다 보면 보통은 익숙해진다.

보통은.

"그게, 역시 저, 주방 쪽을 메인으로 하는 편이 나을지도 모르겠어요. ……이런 상태로는 모두에게 폐를 끼치고 말 거예요…….."

시무룩한 모습으로 아리사는 그렇게 말했다.

원래부터 자신감이 넘치던 것은 아니지만, 조금만 더하면 능숙해지겠다는 생각과 달리 전혀 그러지 못했다.

그 탓에 완전히 자신감을 잃고 만 것이었다.

"으—음, 하지만 말이지……."

그런 아리사를 상대로 히로미는 살짝 주저하는 태도를 내비쳤다.

원래 억지로 강요한 생각은 없었다.

하지만 홀에서 일하는 아리사를 보고 새삼스럽게 무척 아까워졌다.

접객에 필사적이었던 아리사는 깨닫지 못했지만…… 아리사는 손님들로부터 무척 주목을 받았던 것이다.

조금 익숙하지 않은 모습도, '신입인가'라는 느낌으로 호의적인 시선을 받았다.

애당초 처음에는 못하는 것이 당연하다.

치명적으로 못하는 수준도 아니고, 한 달만 일하면 충분히 익숙해질 것이라고 히로미는 생각했다.

지금 여기서 홀 스태프 역할을 포기해 버리는 것은 너무나도 성급한 판단이라 아까웠다.

"……조금 더 레스토랑 분위기에 익숙해질 때까지, 주방에서 일하는 건 어떤가요?"

한편 유즈루로서는 아리사가 주방에서 일했으면 했다.

불안했으니까.

홀에서 일하고 접객을 한다는 것은 많은 손님과 접한다는 의미…… 그것은 다시 말해서 '이상한 손님'과 엮일 리스크도 있다는 의미였다.

물론 히로미의 레스토랑은 객 단가도 높아서 '이상한 손님'은 거의 안 온다지만…… 그러나 절대로 없다는 보증은 없었다.

주방이 더 안전하다.

유즈루의 시야에 들어오지 않는다는 리스크가 없는 것은 아니지만 애당초 일을 하는 이상은 항상 그가 지켜볼 수는 없고, 시프트에 따라서 유즈루가 없는 날도 있으니까 그것은 새삼스러운 이야기였다.

"……으―음, 뭐, 그러네. 주방을 메인으로 하면서, 홀 스태프의 역할은 보고 배우는 것도 괜찮겠어."

히로미도 강요한다고 제대로 된다는 생각은 하지 않았다.

일단 이곳에서 일하는 것에 익숙해지고, 의욕이 생긴다면 시키도록 하자.

그렇게 판단한 히로미는 아리사에게 물었다.

"그걸로 괜찮겠지?"

"……예. 그렇게 부탁드려요."

아리사 스스로도 딱 한 번 해보고 포기하는 것은 좋지 않다는 생각도 있었기에……

히로미의 제안을 받아들여서 동의를 표하는 것이었다.

※

그리고…… 아리사가 일을 시작하고 첫 휴일.

평소처럼 유즈루의 집으로 놀러 온 아리사는, 곧바로 이야기를 꺼냈다.

"유즈루 씨…… 부탁이 있어요."

"부탁? 무슨 일이야?"

유즈루는 고개를 갸웃거렸다.

아리사가 유즈루에게 격식을 차리고서 부탁을 하는 것은 오랜만이었다.

"……그게, 연습, 하고 싶거든요."

"키스 연습?"

"아, 아니에요!"

아리사는 얼굴을 새빨갛게 물들이고서 부정했다.

그리고 가볍게 헛기침을 하고 대답했다.

"……접객 연습이요."

※

"······엿보면 안 되니까요?"

탈의실에서 아리사의 그런 목소리가 들렸다.

당연히 엿볼 리가 없지만······ 그렇게 못을 박으니 오히려 살짝 장난을 치고 싶어졌다.

"그런 설정?"

"아, 아니에요! 안 되니까요! 싫어할 거니까요!!"

유즈루의 농담에 아리사는 진지한 목소리로 대답했다.

그리고 잠시 후······ 탈의실 문이 열렸다.

레스토랑 제복을 입은 아리사가 그곳에 서 있었다.

"어떤가요?"

아리사는 유즈루에게 물으며 빙글 한 바퀴 돌았다.

유즈루는 크게 끄덕였다.

"응, 잘 어울려."

아리사는 '귀엽다', '아름답다'라는 여성적인 인상이 강하지만······.

조끼랑 바지를 입으니 순식간에 늠름하게 보였다.

남장미인 같은 분위기로, 평소와의 차이도 어우러져서 이건 이것대로 잘 어울렸다.

'아니, 하지만 바지를 입으니 엉덩이가······.'

강조된다.

웨이터 옷은 평소에 아리사가 입을 법한 바지와 비교해도 몸에 더욱 잘 밀착하는 천, 디자인이라서 그런지 평소 이상으로 모양이 도드라지게 느껴졌다.

전체적으로는 남성풍이지만 부분부분 아리사의 여성스러운 부분이 무척 눈에 띄었다.

"……뭔가 이상한가요?"

"아니, 딱히……."

그리고 아리사는 유즈루가 살짝 저속한 생각을 하고 있다는 것을 깨달았나 보다.

이것이 여자의 감인가, 유즈루는 마음속으로 전율했다.

"뭔가 하고 싶은 말이 있다면 해요."

"으, 응……."

엉덩이가 강조되어 보인다고 말하면 듣기에 좋지는 않지만, 요컨대 아리사의 좋은 스타일과 아름다운 몸매가 도드라져 보인다는 것이니…….

그것 자체는 결코 나쁜 일이 아니다.

제대로 표현할 수 있다면 아리사를 화나게 만들지도 않을 것이다.

하지만 자칫하면 아리사를 부끄럽게 만드는 것으로 이어지기도 한다.

어쩌면 더는 입고 싶지 않다며…… 아르바이트를 포기해 버릴지도 모른다.

"새삼스럽게 보니까, 멋있고 귀엽다는 느낌이라 평소와 분위기가 전혀 달라서. 네 새로운 매력을 알게 된 기분이야. ……다시금 반했어."

그래서 유즈루는 얼버무리기로 했다.

실제로 어울리는 것은 사실이다.

"그, 그런……가요?"

유즈루의 칭찬에 아리사는 꾸물꾸물 부끄러워하는 모습을 내비쳤다.

유즈루에 대한 불신은 사라진 듯했다.

"유즈루 씨도 잘 어울려요. ……멋있어요!"

"고마워."

아리사에게 맞춰서 유즈루도 웨이터 옷을 입고 있었다.

접객 시범을 보여 주려는 것이었다.

다만 그저 연습이니까 본래는 둘 다 옷을 갈아입을 필요는 없지만…….

분위기를 중시하겠다는 것이리라.

"그럼…… 지도, 잘 부탁해요. 유즈루 씨."

"……그게 아니잖아? 아리사."

"어……?"

바로 유즈루는 미간을 찌푸리고 엄한 말투로 그렇게 말했다.

갑자기 부정하는 유즈루의 말이 나올지는 몰랐던 아리사는 곤혹스러운 표정을 지었다.

"선배, 잖아?"

농담 섞인 말투, 하지만 진지한 표정으로 유즈루는 그렇게 말했다.

이 말에 아리사 역시도 무척 진지한 표정으로 끄덕였다.

"예, 선배!"

그리고 두 사람은 교대로 손님 역할을 하며 접객 연습을
시작했다.

처음에 아리사는 긴장 탓에 어색한 동작으로, 이따금 발
음이 꼬이는 경우도 많았지만······.

몇 번이나 되풀이하는 사이에 점점 매끄럽게 바뀌었다.

하지만······.

"조금 더, 이렇게······ 미소를 지을 수는 없을까?"

"미소, 인가요······."

"표정이 딱딱하단 말이지······."

아무래도 아리사는 집중하면 무표정하게 변하는 버릇이
있는 듯했다.

진지하게 접객을 한다는 것은 전해지지만······.

하지만 동시에 무섭다는 인상을 주고 만다.

"하지만······ 웃는 얼굴은 장난을 치는 것처럼도 보이지
않나요?"

아리사의 물음에 유즈루는 끄덕였다.

"뭐, 헤실헤실한다면 그렇게 보일지도 모르겠지만······
하지만 조금 더 미소를 짓는 편이 나을 거야. 손님 중에는
어린아이도 있으니까······. 게다가 조금 더 부드러운 표정
을 짓는 게, 손님들도 말을 건네기 편하겠지?"

"음, 으음······ 이, 이런 느낌, 일까요?"

"표정이 딱딱한데……."

유즈루는 무심코 쓴웃음 지었다.

입가는 미소를 짓고 있지만 눈이 웃지 않았다.

억지로 웃고 있다는 것을 한눈에 알 수 있었다.

"……그런가요?"

"자각이 없나…… 거울 앞에서 해보자."

유즈루는 세면대 앞까지 아리사를 데려갔다.

"이건…… 확실히 굳어 있네요. 으, 으—음……."

아리사는 거울 앞에서 미소 연습을 시작했다.

하지만 횟수를 거듭할수록, 시간을 들일수록 더 긴장하고 마는 것인지…… 그저 악화될 뿐 전혀 나아지지 않았다.

"……미소는 어떻게 짓는 거였더라?"

끝내는 그런 소리를 시작했다.

"으음…… 잠깐 괜찮을까?"

유즈루는 아리사의 얼굴로 손을 뻗었다.

가볍게 뺨을 건드리고, 입술을 조금 끌어올리고, 눈가를 살짝 잡아당겨 봤다.

"이런 느낌일까……."

"그, 그렇군요……?"

"어, 어어…… 안 되잖아. 힘이 들어가서야……."

기껏 귀여운 미소가 또다시 굳어 버렸다.

무슨 일일까 유즈루는 생각했다.

"……아리사, 만세해 봐."

"……예?"

거울 앞에서 유즈루는 아리사에게 만세를 시켰다.

그리고 무방비해진 그녀의 옆구리를 가볍게 손가락으로 찔렀다.

"히으…… 자, 잠깐…… 유, 유즈루 씨!"

"선배잖아."

몸을 비틀고 도망치려 하는 아리사의 옆구리에 유즈루는 억지로 손을 밀어 넣었다.

그리고 귓가에 속삭였다.

"자, 앞을 봐."

"으, 으으……."

아리사는 떨떠름한 태도로 거울을 봤다.

거울에는 얼굴을 새빨갛게 물들이고서 부끄러운 듯 눈을 내리깔고 있는 귀여운 여자아이가 비쳤다.

"릴랙스해."

"무, 무리예요…… 서, 선배…… 히읏!"

유즈루는 살짝 손가락을 움직였다.

그러자 간지러워서 그런지 아리사가 얼굴에 '미소'를 지었다.

"웃을 수 있잖아. 자, 그런 식으로."

"히, 히얏…… 돼, 됐다면, 그, 그만……."

"아직 좀 딱딱해. 제대로 유지할 수 있을 때까지야."

"그, 그건, 무, 무리…… 크읏……."

연신 무리라고 하면서도 아리사는 유즈루의 구속에서 억지로 벗어나려고 하지는 않았다.

반사적으로 몸을 비틀면서도 계속 거울을 보고, 유즈루의 말대로 미소를 유지하려 했다.

유즈루는 그런 아리사의 귓가에서 응원하며, 아리사의 표정이 무너질 때마다 옆구리를 간질여서 억지로 미소를 되돌렸다.

그런 특훈을 반복하기를 10분 정도…….

"할 수 있게 됐네. 역시 아리사야."

자연스러운 미소를 지을 수 있게 된 아리사를 유즈루는 칭찬했다.

한편 칭찬을 받은 아리사는…….

"…….."

가만히 유즈루를 계속 바라봤다.

입가도 눈가도 미소였다.

하지만 어째선지 아리사의 표정은 무척 무서웠다.

"저, 저기…… 아, 아리사……? 그렇게 쳐다보면……."

"중간부터 장난이었죠?"

"아, 아니, 설마…….."

"장난이었죠?"

"아, 예. 죄송합니다."

공포를 느낀 유즈루는 황급히 아리사에게 머리를 숙였다.

그러자 아리사는 작게 한숨을 내쉬고…… 꾸며 낸 미소

를 그만두었다.

그리고 유즈루를 흘겨봤다.

"······정말이지. 저는 진지했는데."

"하지만 아리사도 중간부터 즐기던······."

"안 즐겼어요!"

아리사는 허리에 손을 대고 미간을 찌푸리며 그렇게 말했다.

그리고······ 싱긋 미소를 지었다.

유즈루는 좋지 않은 예감을 느꼈다.

"어어—······ 일단 오늘은 이걸로······."

"기왕이니까 선배도 미소 연습, 해볼까요."

"아, 아니, 나는 할 수 있으니까······."

"미소, 굳어 있다고요?!"

손을 꾸물꾸물하며 다가오는 아리사.

유즈루는 버티지 못하고 도망쳤다.

"기다려요!"

"그, 그만······ 아, 잠깐······ 거, 거긴 약해······! 윽, 하하하, 하하하하하!!"

아리사의 기분이 풀릴 때까지 유즈루는 계속 간지럽힘을 당하게 되었다.

※

아리사가 아르바이트를 시작하고 약 한 달이 지난, 10월 초순 무렵.

"어때? 아리사."

"예. ……제대로 찾았어요."

봉투를 손에 들며 아리사는 기쁜 듯 미소 지었다.

그렇다, 오늘은 아리사의 첫 월급날이었다.

"이렇게나 잔뜩…… 마음대로 써도 되는군요."

봉투 안을 들여다보며 감개무량한 표정으로 아리사는 그렇게 말했다.

실제로 히로미의 레스토랑 시급은 결코 낮지 않지만…….

그렇다고 해서 높은 것도 아니었다.

유즈루와 아리사가 고등학생이기도 해서, 시급은 낮은 편이었다.

학교에도 가야하는 관계로, 둘 다 풀타임으로 일하는 것도 아니었다.

그래서 아리사가 받은 급료는, 금액으로 따지자면 결코 큰돈도 아니지만…….

그것은 어디까지나 일반적으로 어른이 받을 수 있는 급료와 비교했을 때의 이야기.

고등학생에게는 차고 넘칠 만큼 큰돈이었다.

세뱃돈 이외에 특별한 수입이 없었던 아리사는 감동도 더욱 클 것이다.

"어디에 쓸지 생각한 건 있어?"

유즈루는 아리사에게 물었다.

돈은 쓰지 않으면 의미가 없다.

물론 저금한다는 선택지도 있지만…….

"예? 어어…… 아뇨, 지금은 딱히…….."

유즈루의 물음에 아리사는 애매모호하게 대답했다.

어쩐지 유즈루로서는 아리사가 거짓말을 하는 것처럼 들렸다.

'……혹시?'

문득 유즈루는 아리사가 돈을 어디에 쓸지 떠올랐다.

그렇지만 그 짐작이 진실이라면, 굳이 그것을 지적하는 것은 너무나도 눈치 없는 짓이다.

"처음 받은 급료니까 기왕이면…… 뭔가 기념이 될 물건이라도 사면 어때?"

"그, 그러네요! 그렇게 할게요."

아리사는 끄덕끄덕 고개를 움직이고…….

어딘가 안도한 표정을 지었다.

그런 아리사의 태도에, 유즈루의 확신은 더더욱 깊어져 갔다.

제3장

'약혼자'와 생일

그리고 그로부터 일주일이 지난 10월 중순 무렵.

그날은 유즈루의…… 생일이었다.

"유즈루 씨. 오늘 방과 후에는…… 괜찮죠?"

하교할 때, 아리사는 유즈루에게 물었다.

유즈루는 끄덕였다.

"물론. 비어 있어."

애당초 아리사는 유즈루에게 '생일에 데이트를 하고 싶으니까, 가능하다면 예정을 비워 뒀으면 한다'라고 이야기했다.

아리사 이상으로 우선시할 상대는 없으니까, 유즈루는 그녀의 말대로 그날 예정을 비워 놓았다.

"데이트 플랜은 아리사가 계획했다고 생각하면 되지?"

유즈루는 딱히 어떤 데이트를 할지 생각하지 않았다.

생일이라고 특별히 신이 날 나이도 아니고, 애당초 자기 생일을 어떻게 축하받을지 생각하는 것도 이상한 이야기다.

그리고 아리사 쪽에서 '데이트를 하고 싶다'라고 그랬으니까, 당연히 아리사가 아이디어를 낼 것이라고 유즈루는 생각했다.

"예, 물론이에요. 우선 이걸……."

아리사는 품에서 티켓 한 장을 꺼냈다.

그것은 최근에 인터넷에서 이런저런 의미로 화제가 된 영화 티켓이었다.

"그렇구나, 우선은 영화인가."

왕도 데이트 플랜이다.

하지만…….

'하필이면 상어 영화인가? ……딱히 싫어하지는 않지만.'

유즈루가 내심 쓴웃음 짓는데, 아리사는 고개를 가로저었다.

"어, 아뇨, 아니에요."

"……어?"

"그걸로 시간을 때우고 와요."

"……예?"

"영화관에는 혼자 가요. 그동안에…… 준비할게요. 부엌, 써도 될까요?"

"그, 그렇구나……."

아무래도 데이트 그 자체는 유즈루의 방에서 하나 보다.

요리나 케이크를 만들어서 대접해 주겠다는 것이리라.

"그럼 저는 한발 먼저, 유즈루 씨 방으로 갈게요. 유즈루 씨는 영화를 본 다음, 돌아오도록 해요. 그리고 팝콘 같은 건 먹으면 안 되니까요?"

"어, 어어…… 알겠어."

유즈루가 끄덕이는 것을 확인하고 아리사는 총총히 걸어갔다.

"……이거, 봐야 되는 건가?"

남겨진 유즈루는 티켓을 보며…… 홀로 투덜거리는 것 말고는 할 수 없었다.

※

"의외로 나쁘지 않았네……."

좀비 상어를 탄 우주인이 지구를 침략한다는 영화를 모두 본 유즈루는, 그런 감상을 품으며 영화관을 뒤로했다.

결코 재미있었다고 말할 수야 없었지만, 그래도 지루하지는 않았다.

아무리 그래도 또 보고 싶다는 생각은 안 들었지만…….

"그럼 돌아갈까. 그런데…… 아리사는 무슨 준비를 하는 거지?"

유즈루는 고개를 갸웃거렸다.

그저 요리나 케이크를 만들어서 맞이해 준다는 이야기라면, 굳이 영화 티켓을 입수하면서까지 유즈루를 밖으로 쫓아낼 필요는 없다.

'아리사가 아르바이트를 시작한 건, 아마도 나한테 줄 선물을 사려고…… 정도는 예상했는데.'

유즈루는 이제까지 아리사에게 이것저것 선물을 했는데, 그것은 유즈루 본인이 일하고 번 돈으로 구입한 것이었다.

그러니까 아리사도 자신이 일을 해서 번 돈으로 선물을 해야 보답에 걸맞는다……고 생각하는 것 자체는, 아리사의 성격을 미루어 보면 간단히 예상할 수 있었다.

그것 자체로도 서프라이즈 이벤트에, 아리사의 마음이 담겨 있으니까 유즈루로서는 더없이 기쁜 일이지만…….

거기에 더 추가할 법한 서프라이즈가 있는 것일까?

그렇게 이런저런 생각을 하는 사이, 유즈루는 집 앞에 도착했다.

"들어가기 전에 메시지를 보내 달라고 했었지?"

유즈루는 휴대전화를 꺼내어 '지금 현관 앞에 있어'라고 짧은 문장을 입력했다.

그러자 금세 읽음 표시가 붙고 '들어와도 돼요'라는 답변이 왔다.

"……다녀왔어."

유즈루는 천천히 문을 열었다.

그러자 시야에 날아든 것은…….

모노톤 컬러의 에이프런 드레스를 입은, 아마포색 머리카락의 미소녀였다.

조금 짧은 치맛자락을 붙잡고 공손히 머리를 숙이며…….

"어서 오세요. 주인님."

이른바 '메이드복'을 입은 아리사는 유즈루를 향해 그렇게 말했다.

※

　"아, 아리사……?! 이건 대체……."
　"자, 들어오세요."
　아리사는 싱긋 웃으며 말했다.
　평소의 미소와는 조금 다른…… 아르바이트로 단련한 접객용 미소였다.
　일하는 중에는 몇 번이나 본 적 있는 '미소'였지만, 유즈루 본인이 마주하는 것은 이것이 처음이었다.
　'귀, 귀여워…….'
　너무 강력한 파괴력에 유즈루는 머리가 어질어질했다.
　유즈루는 아리사의 자연스러운 미소를 좋아하지만, 하지만 이런 꾸며 낸 미소도…… 나쁘지 않았다.
　"옷을 주시겠어요."
　"어, 어어…… 응."
　정신이 들자 아리사는 유즈루의 코트와 교복 상의를 벗기고 있었다.
　아리사는 그것을 공들여서 개고는 유즈루를 거실로 안내했다.
　거실은…….

'아, 여긴 딱히 변한 게 없네.'

특별한 장식이 있는 것은 아니었다.

아무리 그래도 영화 상영 시간 동안에 거기까지 손을 댈 수는 없었을 것이다.

"자, 앉으세요."

"응."

시키는 대로 유즈루는 방석에 앉았다.

"마실 걸 가져올게요."

아리사는 그러더니 부엌으로 사라지고, 병에 든 음료와 유리잔을 가져왔다.

잔을 테이블에 놓고 음료를 따랐다.

자연스럽게 유즈루의 시선이 음료……가 아니라 아리사의 가슴께로 향했다.

메이드복 옷깃으로 엿보이는 하얀 계곡이 신경 쓰여 참을 수가 없었던 것이다.

"이건 샴페인…… 느낌의 주스예요. ……식사를 가져올게요."

음료를 따르고 아리사는 바로 일어서서, 부엌에서 요리를 가져왔다.

"이건 훈제연어 마리네예요."

"고, 고마워……."

작고 화려한 유리잔에 소량의 마리네가 담겨 있었다.

겉보기에도 아름답고, 녹색의 소스도 공들인 것처럼 보

였다.

"⋯⋯잘 먹겠습니다."

유즈루는 포크를 들어 마리네를 입으로 옮겼다.

빤히, 아리사는 비취색 눈동자로 유즈루를 바라봤다.

"어떤가요?"

"응, 맛있어. ⋯⋯역시 아리사야."

유즈루가 그렇게 칭찬하자 아리사는 기쁜 듯 미소를 지었다.

'하지만⋯⋯ 이거, 혹시 아뮤즈 부쉬인가?'

가정요리라면 이것만으로도 메인이라고 가슴을 펼 수 있을 음식이지만⋯⋯.

그러나 양은 메인으로 보이지는 않았다.

하지만 그렇게 생각하면 납득할 수 있었다.

"⋯⋯다음은 오르되브르?"

확인할 겸 유즈루는 그렇게 물었다.

그러자 아리사는 싱긋 미소 지었다.

"예, 물론이에요."

"그, 그런가⋯⋯."

아무래도 오늘 저녁은 코스 요리인가 보다.

이것에는 아무리 유즈루라도 놀랄 수밖에 없었다.

"그런데 아리사는 같이 안 먹어?"

"오늘은 유, 주인님께 봉사하는 것에 집중하려고 생각했는데요⋯⋯."

봉사.

그 말에 한순간 어질어질하면서도 유즈루는 물었다.

"아리사 몫은 없어?"

"일단 만들었는데…… 저기, 저도 같이 먹는 게 더 기쁜 가요?"

"어떤 일이든, 너랑 같이하는 게 즐거워."

이만큼 공들여서 요리를 만들었는데 그것을 혼자서 먹는 것은 제아무리 유즈루라도 '미안하다' 싶은 기분이 살짝 솟구친다.

물론 이것이 아리사 스타일의 대접이고, 또한 '메이드와 주인님'이라는 일종의 역할 놀이라는 것도 인식하고 있지만…….

유즈루로서는 행복한 시간은 아리사하고 함께 나누고 싶다.

"……솔직히, 그렇게 말씀해 주시지 않을까 생각했어요."

아리사는 그리 말하고 일어나더니 부엌에서 오르되브르로 여겨지는 요리를 가져왔다.

이번에는 1인분이 아니라 2인분이었다.

겸사겸사 자기가 쓸 유리잔과, 조금 전 아뮤즈 부쉬도 가져온 모양이었다.

"음료는 내가 따를게."

"예? 어, 아니……."

지금 아리사는 메이드이고 유즈루는 주인님이다.

그 역할극을 생각하면 유즈루가 따라 주는 것은 그다지 좋지 않을지도 모른다.

하지만 지나치게 규칙에 얽매이는 것도 재미는 없다.

"……주인님의 호의를, 헛되게 만들 거야?"

"아, 아뇨, 설마요……. 감사합니다."

유즈루의 말에 퍼뜩 놀란 표정을 짓고, 아리사는 순순히 유즈루가 따라 주는 음료를 받았다.

아리사가 음료를 손에 든 것을 확인하고, 유즈루는 살며시 유리잔을 들었다.

"그럼…… 건배."

"……건배, 예요."

둘이서 가볍게 잔을 맞댔다.

아뮤즈 부쉬, 오르되브르에 이어서…….

스프, 푸아송, 소르베, 앙트레. 아리사는 차례차례 요리를 가져왔다.

말할 필요도 없이, 모두 하나하나 공들여서 만든 음식뿐이었다.

유즈루는 처음에 코스 요리라고 예상은 했지만, 그러나 이리 본격적인 '풀코스'라고는 생각하지 않았다.

그저 감탄할 따름이었다.

"……이만큼 만드는 거, 힘들지 않았어?"

앙트레를 모두 먹은 유즈루는 아리사에게 물었다.

아리사는 작게 끄덕였다.

"뭐, 나름대로……. 사실 처음에는 여기까지 만들 생각은 없었는데요……."

"……무슨 말이야?"

"으음…… 만드는 사이에 즐거워졌다고 할까, 이것도 저것도 만들어 볼까 했더니……."

"그, 그렇구나……."

아무래도 아리사 스스로도 나름대로 즐긴 모양이었다.

유즈루는 작게 안도의 한숨을 흘렸다.

그저 자신을 위해서 이렇게까지 해주는 것은 역시나 미안했으니까.

"그럼…… 슬슬 오늘의 메인, 디저트를 가져올까요?"

아리사의 말에 유즈루는 끄덕였다.

그렇다, 오늘은 유즈루의 생일이다.

생일이라면 역시…….

"주인님, 생일…… 축하드려요."

그렇다, 생일 케이크다.

"……일단 물어보겠는데, 이것도 직접 만들었어?"

"물론이에요."

아리사는 가슴을 펴며 크게 끄덕였다.

아리사가 가져온 곳은 딸기 쇼트 케이크였다.

하얀 크림 위에 딸기잼으로 '생일 축하합니다'라고 적혀 있었다.

"마음껏, 드셔도 된다고요?"

"그건 기쁘……지만, 그, 제대로 자를 자신 없으니까."

"예, 알고 있어요. 원하는 만큼 말씀해 달라고요?"

아리사는 유즈루가 원하는 만큼, 케이크를 자르더니, 어째선지 자리에서 일어나 유즈루 옆으로 옮겨 왔다.

"저, 저기…… 아리사?"

"……실례할게요."

아리사는 포크를 손에 들고는 케이크를 조금 덜었다.

그리고 천천히 유즈루의 입가로 가져갔다.

"자, 아―앙……."

"아, 아―앙……."

시키는 대로 유즈루는 입을 벌렸다.

금세 입 안에 달콤한 케이크의 맛이 퍼졌다.

"어떤가요?"

"으, 응…… 맛있어."

"그건 다행이네요."

생글생글 미소를 지으며 아리사는 유즈루의 입가로 케이크를 옮겼다.

부끄러움을 느끼면서도 유즈루는 순순히 그것을 먹었다.

그렇지만 언제까지고 계속 받아먹을 수는 없었다.

"……아리사, 슬슬 포크를 돌려줘."

"아, 예……."

조금 아쉽다는 표정으로 아리사는 유즈루에게 포크를

건넸다.

유즈루는 그 포크로 케이크를 자르고는…….

"아리사, 아─앙."

"어?"

"그게…… 필요 없어?"

"피, 필요해요!"

아리사는 그렇게 외치더니 입을 크게 벌렸다.

유즈루는 그런 그녀의 입가로 케이크를 옮겨 주었다.

"어때?"

"……제가 만들었지만 참 잘 만들었다고 생각해요."

아리사는 그러면서 수줍게 미소 지었다.

그 후로도 두 사람은 서로에게 케이크를 먹여 주는 것이었다.

※

그리고 식사를 마친 뒤…….

'……무사히 끝났어.'

휴우, 아리사는 한숨 돌렸다.

아직 선물을 주지 않았지만…… 유즈루의 생일파티는 거의 성공했다고 봐도 틀림없을 것이다.

'……유즈루 씨도 기뻐한 모양이니까. 입은 보람이 있었어요.'

아리사는 자신의 메이드복을 내려다보며 그렇게 중얼거렸다.

조금 가슴께가 느슨하고 치마도 짧고……. 애당초 메이드복을 입는 것 자체가 아리사에게는 도전이고 부끄러운 일이었지만…….

유즈루의 표정을 보기에, 결코 이상하게 여기지는 않는 듯했다.

그때 아리사는 깨달았다.

아직 유즈루에게 직접 감상을 듣지 않았다고.

"……주인님."

아리사는 유즈루는 그렇게 부르더니…….

유즈루의 가슴께에 자기 가슴을 들이대듯 끌어안았다.

"저, 저기…… 아리사?"

곤혹스럽다는 표정의 유즈루에게 아리사는 물었다.

"아직, 감상을 못 들었어요."

"가, 감상……? 아, 아아! 미, 미안해…… 귀여워, 굉장히 잘 어울려."

"그런가요."

우선 아리사는 그 말에 만족하기로 했다.

어디가 어떻게 어울리는지 구체적인 말로 듣는 것은 또 부끄러웠으니까.

게다가 메이드복을 입고 있는 자신이 유즈루의 눈에 호의적으로 보이는 것은 태도를 보면 알 수 있었다.

'……가슴께를 흘끗흘끗 보는 건 용서해 줄게요.'

정말이지, 어쩔 수 없는 사람이라니까.

굳이 가슴 계곡이 보일 법한 옷을 입고 온 본인은 그냥 넘기고 아리사는 그렇게 생각했다.

"조금 더 자세히 보고 싶은데, 괜찮아?"

"괜찮은데…… 구체적으로 어떻게요?"

"일단, 서 봐."

유즈루가 시키는 대로 아리사는 일어섰다.

"이러면 되나요?"

"빙글, 돌아 볼 수 있겠어?"

"으음…… 이렇게요?"

시키는 대로 아리사가 한쪽 발을 축으로 몸을 비틀었다.

그러자 치마가 둥실 떠오르는 것을 느꼈다.

아리사는 황급히 치마를 눌렀다.

아리사는 자신의 얼굴이 어렴풋이 뜨거워지는 것을 느꼈다.

아리사는 유즈루를 빤히 노려봤다.

"……노리고 한 거죠?"

아리사는 낮은 목소리로 유즈루에게 힐문했다.

그러자 유즈루는 당황한 기색으로 고개를 가로저었다.

"아, 아니야! 아, 안을 볼 생각은 없었어!!"

……혹시 거짓말이라면 이렇게까지 당황하지는 않을 것이다.

애당초 기세가 과했던 자신에게도 잘못이 있다고 아리사는 생각을 바꾸었다.

그렇지만 하나 확인해야 할 것이 있다.

"……보긴 했군요?"

"그, 그건, 뭐……."

보고 말았나 보다.

아리사의 몸이 타오르듯 뜨거워졌다.

'……불행 중의 다행이라고 생각하기로 할까요.'

다행히도 오늘 속옷은 보이더라도 문제가 없는…….

아리사 생각에도 특별히 마음에 드는 신상품이었다.

"……참고로, 어땠나요?"

"어, 어떻다니?"

"기왕 봤다니까 감상을 들어 볼까 해서요."

어차피 봐 버렸으니까.

아리사는 마음을 다잡고 유즈루에게 물었다.

유즈루는 곤혹스럽다는 표정을 지으면서도…….

"……역시 넌 검은색이 어울린다고 생각했어."

"그, 그런가요."

"가터벨트는 평소부터……?"

"아, 아뇨…… 이건 메이드복에 맞췄어요."

아리사는 그렇게 말하며 살며시 치마를 들췄다.

메이드복에 맞추어 시험 삼아 가터벨트를 구입해 본 것이었다.

처음 입어 봤지만 의외로 착용감은 나쁘지 않다는 것이 아리사 본인의 감상.

"……메이드복이랑 같이 샀어?"

"예."

아리사의 급료 사용처는 하나였다.

평상시의 옷을 살 때는 용돈을 받으니까, 평상시 입는 게 아닌 옷을 구입하자고 생각한 것이었다.

"샀다고 하니까…… 유즈, 주인님! 선물이 있어요."

아리사는 그러더니 부엌에서 유즈루에게 줄 선물을 가져왔다.

화려한 포장지와 리본으로 장식되어 있었다.

"자…… 열어 보세요."

"응, 고마워."

유즈루는 작게 감사의 말을 입에 담고는…….

신중하게 리본을 풀고, 포장지를 뜯고, 상자를 열었다.

"이건…… 스킨?"

"이것저것 생각해 봤는데, 생일 선물은 무난하게 평소에 쓸 수 있고, 그러면서도 소모품이 좋을까 했어요. 면도한 다음이나 목욕을 마친 다음에라도 쓰세요."

처음에 아리사는 액세서리 같은 것을 줄까 생각했지만, 장신구는 잘 어울릴지가 중요하다.

만에 하나라도 유즈루가 마음에 안 든다면 그저 민폐가 된다.

게다가 나중에 남는 것은 이래저래 보관에도 신경이 쓰일 것이다.

　생일 선물은 매년 주고받는 것이니까, 평소에 쓸 수 있는 소모품이 좋겠다고 생각했다.

　그래서 고른 것 중 하나가 스킨이었다.

　스킨이라면 아리사라도 좋은지 나쁜지 알 수 있다.

　"그렇구나. ……좋은 기회니까 이제부터 사용해 볼까."

　유즈루는 그러더니 조심스럽게 스킨을 다시 상자에 넣었다.

　아리사의 말대로, 면도한 다음이나 목욕한 다음에 쓸 생각일 것이다.

　"그런데…… 아리사. 답례를 하고 싶은데, 괜찮을까?"

　"……답례, 라고요?"

　"응, 이쪽으로 와서 앉아 줘."

　시키는 대로 아리사는 유즈루 정면에 앉았다.

　그러자 유즈루는 살며시 아리사의 어깨에 손을 얹었다.

　아리사의 몸 안을 오싹한 무언가가 지나갔다.

　"괜찮을까?"

　"아, 예……."

　유즈루는 천천히 아리사를 끌어당겼다.

　등과 뒤통수에 유즈루가 손을 댔다.

　살며시, 아리사는 눈을 감고…….

　이어서 부드러운 감촉을 느꼈다.

오싹오싹한 것이 아리사 안을 마구 지나갔다.

'조금, 더······!'

길게 하고 싶다.

깊은 것을 원한다.

아리사는 그렇게 생각했지만······.

하지만 천천히 유즈루의 입술은 떨어지고 말았다.

"고마워, 아리사."

"······예, 천만에요."

아리사는 미소를 지으며 그렇게 대답했다.

······아주 살짝 품은 불만을 감추며.

맞선 보고 싶지 않아서 억지스러운 조건을 달았더니 동급생이 온 일에 대해서

제4장

'약혼자'와 할로윈

유즈루의 생일로부터…… 조금 지난 뒤.

그날은 이른바 할로윈이었다.

그날, 아리사는 살짝 긴장하며…… 유즈루의 집으로 향하고 있었다.

선물은 종이봉투 둘.

하나는 오늘을 위해 구운 호박 과자.

또 하나는…… 아야카한테 빌린 코스프레, 가장용 물건이었다.

'조, 조금 대담하지만…… 할로윈이니까, 괜찮겠죠?'

그런 생각을 하는 사이에 유즈루의 방 앞에 도착했다.

인터폰을 누르자…….

딩도—옹!

소리가 났다.

잠시 후…… 달칵 잠금을 푸는 소리가 났다.

"……어라?"

하지만 좀처럼 문이 열리지 않았다.

평소라면 목소리로 '들어와도 돼'라고 하거나, 유즈루가 직접 문을 열어 줄 텐데…….

이번에는 그런 일은 없었다.

하지만 잠금이 풀린 이상, 유즈루가 들어와도 된다는 의사를 표시한 것은 틀림없었다.

아리사는 조금 수상쩍게 생각하면서도 천천히 문을 열었다.

"실례합…… 꺄악—!!"

아리사는 그만 비명을 터뜨렸다.

그곳에는 꺼림칙한 마스크를 뒤집어쓰고 검은 코트를 입은 '무언가'가 서 있었던 것이다.

그리고 손에는 커다란 낫을 들고 있었다.

금방이라도 목숨을 가져가려는 사신 같았다.

"자, 잘못했어요……?! 죄, 죄송…… 히얏!"

도망치려는 아리사의 팔을 그 괴물은 덥석 붙잡았다.

아리사는 필사적으로 날뛰었다.

"시, 싫어……!! 저, 저는 먹어도 맛없어요!!"

"나야, 나. ……아리사!"

"……유즈루 씨?"

아리사는 쭈뼛쭈뼛 돌아봤다.

그곳에는 마스크를 벗은 유즈루가 서 있었다.

※

"노, 놀라게 하지 말아요……!"

아리사는 퉁퉁 화가 난 표정을 지으며 유즈루에게 불평했다.

유즈루는 그런 그녀 앞에 커피──우유와 설탕을 잔뜩 넣은 것──를 놓고 쓴웃음 지었다.

"아니, 그렇게까지 놀랄 줄은 몰라서…… 그렇게나 잘 만들었어?"

"……자세히 보니 싸구려네요."

아리사는 그러면서 유즈루가 벗은 코스프레 의상을 빤히 봤다.

꺼림칙한 마스크는 백엔샵에서 구입한 '역병 의사'를 본 뜬 것.

커다란 낫도 진짜 날붙이가 아니라 플라스틱.

검은 코트는 검은색 싸구려 부직포를 몸에 감았을 뿐이었다.

"하지만 거기에 속은 건 아리사잖아."

"그, 그건…… 아, 아니 하지만, 약혼자랑 만나러 왔는데 수상한 사람이 나온다면, 보통은 당연히 놀란다고요!"

"하지만 오늘은 할로윈이니까…… 예상 못 했어?"

딱히 유즈루도 평소부터 아리사를 놀라게 만들지는 않는다.

하지만 오늘은 할로윈이니까 기합을 넣어 본 것이었다.

아리사도 좋은 의미로 놀라고 기뻐해 주지는 않을까 생각했다.

"……과자를 주기도 전에 장난치진 말라고요."

"그건 그렇네."

정론이었다.

"정말이지, 과자는 필요 없다는 걸로 이해하면 되겠죠?"

"필요해. 아리사, 미안해. 내가 잘못했어."

"……그럼, 할 일이 있잖아요?"

아리사는 그러면서 유즈루를 흘끗 올려다봤다.

유즈루는 아리사가 무엇을 원하는지 헤아리고는……

그녀의 턱에 가볍게 손을 댔다.

"미안해, 아리사."

"응……."

가볍게 입술에 입맞춤했다.

입술을 떼자 아리사는 얼굴을 붉히고 촉촉하게 젖은 눈빛으로 몸부림쳤다.

"조금, 더……."

"……아리사?"

"아뇨, 아무것도 아니에요."

아리사는 그러더니 작게 헛기침을 했다.

"용서해 줄게요. ……근데 가장은 괜찮지만, 얼굴은 가리지 말아요. 알아볼 수 없으니까."

"예."

유즈루는 아리사의 충고를 순순히 받아들였다.

확실히 얼굴이 가려질 법한 가장은 좋지 않았다.

"그럼…… 아리사가, 본보기를 보여준다든지?"

"……예?"

"아, 아니…… 사실은 고양이 귀를 준비했는데……."

유즈루는 뒤적뒤적 고양이 귀 머리띠를 꺼냈다.

작년의 고양이 귀가 귀여웠으니까, 올해도 입어 줬으면
한 것이었다.

잘 풀리면 사진으로 남기자는 생각도 있었다.

시작부터 아리사를 화나게 만들어 버렸으니 이건 어려
울까, 유즈루는 생각했지만…….

간단히 용서해 줬으니, 이 흐름이라면 괜찮을까 싶었다.

"……아뇨, 그 고양이 귀는 됐어요."

"그, 그래……?"

유즈루는 의기소침해졌다.

최근의 아리사는 의외로 잘 받아 주니까, 입어 주지 않
으려나 생각했는데……. 아무래도 안 되나 보다.

그렇게 생각했더니…….

"저는 저대로 가장을 가져왔으니까요."

"어?"

"그러니까…… 옷 갈아입고 올게요."

아리사는 그러더니 종이봉투를 들고 탈의실로 향했다.

그리고 문을 닫았다가, 살짝만 열고 얼굴을 내밀었다.

"엿보면 안 되니까요?"

"어, 어어……."

평소의 루틴을 마치고, 아리사는 다시 문을 닫았다. 문 안쪽에서 옷 스치는 소리가 났다.

아무래도 유즈루처럼 옷 위에 걸치는 것만으로 완성될 법한 복장이 아니라…….

옷을 전부 벗은 다음에 다시 입는, 나름대로 본격적인 물건인 듯했다.

'기대해도 되나……?'

두근두근 설레는 가슴으로 기다렸더니…….

문이 열렸다.

나타난 것은…….

"어, 어떤가요?"

검은 하이레그 타입의 레오타드.

검은 타이츠.

초커와 나비넥타이.

그리고 머리에 토끼 귀 밴드.

이른바 '바니 슈트'를 입은 아리사가 그곳에 서 있었다.

※

때는 며칠 전으로 거슬러 올라간다.

"최근에 유즈루 씨가 담백한 것 같아요……."

아리사는 친구들에게 불만스러운 표정을 지었다.

아리사가 있는 곳은 치하루의 방.

치하루는 유즈루와 마찬가지로 자취를 하고 있으니까, 그녀의 방은 여자들이 모이는 장소로 사용될 때가 있다.

이날도 아야카랑 텐카도 끼어서 여자 모임 중이었다.

"……또 싸웠어?"

어이없다는 표정으로 텐카는 아리사에게 물었다.

담백.

그러니까 유즈루가 냉담해서 아리사와 별로 어울려 주지 않는다…… 그런 의미로 받아들인 것이었다.

하지만 아리사는 그건 아니라고 말하듯 고개를 몇 번이고 가로저었다.

"아, 아니에요! 최근에도, 생일에 케이크를 만들어서 서로 먹여 주고 했으니까……."

갑자기 연애 자랑을 시작하는 아리사.

한편 텐카는 엄청나게 단 시럽이라도 마신 것 같은 표정을 지었다.

"어, 어어…… 그래…… 그건 잘됐네. ……그럼 뭐가 담백하다는 거야?"

학교에서의 인상으로는 평소와 똑같은 바보 커플, 그리고 듣기에도 평범하게 사이좋아 보였다.

지금 아리사의 설명으로는, 부자가 '돈이 없어'라고 말하는 것처럼만 들렸다.

"담백하다는 건, 냉담하다든지 차갑다는 게 아니라…… 그게, 뭐라고 할까……."

아리사는 텐카의 물음에 대답하려다가…….

어째선지 부끄러운 듯 얼굴을 붉히고 꾸물꾸물거리며, 중요한 부분을 말하려 하지 않았다.

그러자 이제까지 가만히 듣고 있던 아야카와 치하루가 입을 열었다.

"스킨십 숫자가 적다든지?"

"아리사 씨한테는 모자란 것 같다는 느낌인가요?"

아야카와 치하루의 말에 아리사는 얼굴을 새빨갛게 붉히면서도…….

작게, 고개를 끄덕였다.

"전보다 줄었다는 거야?"

텐카는 미간을 찌푸리며 아리사에게 물었다.

그러자 아리사는 고개를 가로저었다.

"딱히 줄어든 건 아니에요. 다만…… 그게, 조금 더 원한다고 할까……."

"횟수를 늘리고 싶다면, 그런 기회를 늘려야지."

"억지로라도 이유를 붙이는 게 좋겠어요."

아리사에게 조언을 하는 아야카와 치하루.

하지만 아리사는 고개를 가로저었다.

"아뇨, 횟수에도 불만은 없어요……. 인사의 키스도, 감사의 키스도, 작별의 키스도 해줘요. 해주기는 하는데……."

부끄러운 듯 머뭇머뭇하는 아리사.

한편 아야카와 텐카는 '그렇게나 하고 있냐'며 어이없

다는 표정을 지었다.

그만큼 하는데도 대체 뭐가 불만이라는 것인가…….

두 사람으로서는 짐작도 가지 않았다.

"제대로 말을 안 해준다면 알 수가 없다고?"

텐카는 구체적으로 무엇이 어떻게 불만인지, 말을 하라고 재촉했다.

그러자 떨떠름한 표정으로 아리사는 이야기를 꺼냈다.

"……좀 더 깊은 걸 원한다고 할까…….”

"……깊은 거?"

무슨 말을 하는 것인가.

그런 표정의 텐카.

한편 아야카와 치하루는…….

"아―, 그렇구나…….”

"그런 느낌이네."

히죽히죽 미소를 지었다.

두 사람의 반응에 텐카도 아리사의 말이 무슨 의미인지 깨닫고 살짝 뺨을 붉혔다.

'깊은 것'이란, 다시 말해서 '깊은 키스'를 의미했다.

이전, 여름방학 중의 해수욕에서 두 사람은 그 영역에 다다랐지만…… 그 이후로 그런 입맞춤을 한 적이 없었다.

아리사는 그것이 불만이었다.

한 걸음 앞으로 나갔다고 느꼈는데 거기서 정체되어 버렸다.

아니다, 다시 한 걸음 물러나서 원래 장소로 돌아와 버린 게 아닌가…… 하고.

"뭐, 유즈룽도 하기 싫은 건 아닐 텐데? 조심스러운 거 아냐?"

"아리사 씨 쪽에서 하고 싶다고 말하지 않으면, 전해지지 않아요."

"하, 하지만…… 아무리 그래도, 직접 말하는 건…… 저, 저속하잖아요."

아리사는 유즈루가 자신을 '청초한 여자'로 여겨 주기를 바란다.

그리고 '저속한 여자'로 여겨지고 싶지는 않다.

아리사는 유즈루를 몇 번이나 유혹했지만, '깊은 쪽의 키스를 해줘요'라고 말하기는 조금 힘들었다.

"……까다롭네."

툭 하니 텐카는 중얼거렸다.

아리사도 그것을 자각하고 있는지 면목 없다는 듯 끄덕였다.

"……예, 미안해요."

"아, 아니, 딱히 잘못했다고 그러는 건 아닌데……?!"

텐카는 황급히 아리사를 달랬다.

"뭐, 아리사 쪽에서 먼저 나선다거나, 부탁할 수는 없다면 그런 분위기를 만들도록 노력할 수밖에 없겠네."

아야카는 쓴웃음 지으며 그렇게 말했다.

남성 쪽에서 적극적으로 나서는 걸 바라는 아리사의 마음도 이해할 수 있지만…….

기다리기만 해서는 안 된다, 그것 또한 사실이다.

"그게…… 분위기라는 걸, 모르겠어요. 어떻게 하면 될까요? ……키스해 달라는 분위기를 풍기면, 정말로 평범한 키스로 끝나 버려요."

이미 입맞춤만이라면 몇 번이나 하기도 해서 어떤 행동, 어떤 표정이면 유즈루가 그렇게 해주는지 아리사는 어찌어찌 알고 있었다.

입맞춤을 할 분위기를 만들 수는 있다.

하지만 그것은 전부 얕은 수준에서 끝나 버리는 것이다.

"애당초 깊은 걸 한 적, 있나요? 그게 중요하다고 생각하는데…….."

치하루의 물음에 아리사는 끄덕였다.

"예, 있어요. ……횟수는 적지만요."

"그건 어디서, 어떤 상황이었나요?"

"그게…… 바다에서, 였어요…….."

아리사는 전에 유즈루와 깊이 뒤얽힌 것을 떠올리고……, 얼굴을 새빨갛게 물들이며 그렇게 대답했다.

"바다…… 아, 그때구나. ……할 건 다 했네."

텐카는 무어라 말할 수 없는 표정을 지었다.

자신도 그때, 해수욕에는 참가했다.

자신이 모르는 곳에서 친구들이 그런 일을 했다…….

그 사실에 살짝 생생한 느낌을 받은 것이었다.

"바다라…… 그야 서로가 반라 상태라면 흥분할 법도 한가."

"그러니까 야한 분위기라면 유즈루 씨도 혀를 내민다는 거네요."

아야카와 치하루는 납득한 듯 끄덕였다.

한편 두 사람의 생생한 표현에 아리사는 눈을 피하고 텐카는 뺨을 붉혔다.

"그걸 알았다면, 간단하네. 그때의 분위기를 재현하면 된다는 거니까."

"수영복이라도 입으면 어떤가요?"

"어, 어떻게 이런 가을에 수영복을 입나요…… 아무리 그래도 이상해요……"

여름이라면 '같이 수영장에 가자' 같은 식으로 유즈루를 불러낼 수 있을지도 모르고, 경우에 따라서는 '새로 산 수영복을 봐 달라' 같은 식으로 방 안에서라도 수영복을 입어 보는 것도…… 조금 억지스러운 느낌은 있지만 못할 것도 아니다.

하지만 이 시기에 수영복은 조금 이상하다.

'수영 연습……은, 능숙해졌으니까…….'

수영을 가르쳐 달라.

그것도 더 이상 쓸 수 없다.

이미 아리사 본인이 무척 능숙해져서…… 유즈루에게서

'더 이상 가르칠 건 없겠네'라는 말을 듣고 말았으니까.

"자연스러운 방법이라는 게 애당초 무리가 아닐까?"

텐카의 말에 아리사는 고개를 가로저었다.

"딱히 자연스러운 필요는 없어요. ……그저, 뭐라고 할까, 핑계가 필요하다고 할까."

유즈루 앞이라고는 해도 그런 복장을 하는 것에는 아리사로서도 어느 정도 저항감이 있었다.

게다가 '왜 그런 옷을 입었어?'라고 유즈루가 물어볼지도 모른다.

자신과 유즈루 모두에게 최소한의 변명이 필요한 것이었다.

"그런 거라면, 슬슬 할로윈이니까…… 코스프레 같은 건 어떨까요? 축제라면 조금 도를 지나치더라도 이상하진 않다고 생각해요."

"할로윈?! 그러네요! 그건…… 좋은 생각이에요!!"

치하루의 제안에 아리사가 뛰어들었다.

최근에도 유즈루의 생일을 핑계로 메이드복을 입은 참이다.

할로윈 코스프레라고 한다면 아리사도 스스로를 납득시킬 수 있다.

"하지만…… 코스프레라고 해도 종류가 많잖아요? 어떤 게 좋을까요?"

"바니 걸이라든지, 어때?"

아리사의 물음에 즉답한 것은 아야카였다.

한편 아리사는 살짝 뺨이 굳어졌다.

"바, 바니 걸……인가요……. 좀 대담한 것 같은데……."

"아니아니, 그렇지도 않아! 잘 생각해 보면, 면적도 넓잖아?"

"그래요! 비키니 수영복 같은 게 더 아슬아슬하잖아요. 보통이라고요."

아야카와 치하루는 둘이 함께 아리사를 설득하기 시작했다.

두 사람의 기세에 아리사는 쩔쩔맸지만…….

"그, 그럴까요……?"

"응응."

"바니 걸로 하죠! 그런데 바니복이라고 해도 종류가 꽤 있는데……."

아야카와 치하루는 곧바로 아리사에게, 바니복의 구조나 어떤 종류가 있는지를 이야기했다.

아리사는 흥미진진한 표정이었지만, 내용에 이따금 얼굴을 붉혔다.

"이건 최근에 유행하는, 역바니라는 물건인데……."

"아, 아니…… 아, 아무리 그래도 이건……."

그럼 이건 어때?

이거라면, 뭐…….

색상은 심플하게 검은색이 어울린다고 생각해요.

그, 그렇군요…….

그런 식으로 아리사를 유도하는 아야카와 치하루.

그런 두 사람과, 넘어가는 아리사를 보고…… 텐카는 어깨를 으쓱였다.

"……너희가 입히고 싶은 것뿐이잖아."

그러자 아야카와 치하루는 텐카 쪽을 봤다.

그리고…….

"텐카도 입을래?"

"틀림없이 어울릴 거예요! 이거라든지…….'

"아, 아니, 사양할게!!"

텐카는 참지 못해서 도망치고, 아야카와 치하루는 그녀를 쫓아갔다.

그리고 그런 세 사람을 보며 아리사는 웃었다.

※

그리고 다시 돌아와서…….

아야카와 치하루, 겸사겸사 텐카에게 상담했을 때를 다시 떠올리며…….

바니슈트 입은 아리사는 유즈루에게 말했다.

"과, 과자 안 주면…… 장난칠 거라고?!"

아리사는 수줍은 듯 얼굴을 붉히면서도…….

양손을 앞으로 내밀고, 토끼 귀를 팔랑 흔들며 그렇게

말했다.

겸사겸사 가슴도 흔들렸다.

"……"

"……저기, 유즈루 씨?"

"아…… 미안해."

의식을 되찾은 유즈루는 바로 대답했다.

"장난 쪽으로."

"……솔직히, 그렇게 말할 거라고 생각했어요."

아리사는 어이없다는 표정을 지었다.

하지만 유즈루의 눈에는 수줍음을 감추려는 것처럼도 보였다.

"……참고로 농담이니까 말이지?"

"어머, 그런가요? ……장난은 필요 없나요?"

"어…… 뭐가 있어?"

유즈루는 무심코 몸을 내밀고 말았다.

물론 제대로 과자는 준비했지만…… 가능하면 아리사의 '장난'도 원한다는 것이 본심이었다.

"그러, 네요. ……뭐, 대단한 건 아니지만, 옵션 같은 건 있어요."

"그, 그건, 무슨……."

"그 전에 유즈루 씨. 그게…… 말할 게 있잖아요?"

아리사는 손을 뒤로 깍지 끼며 유즈루에게 물었다.

뺨을 붉히며 가만히 유즈루를 바라봤다.

유즈루는 크게 끄덕였다.

"응, 어울려. 굉장히 귀엽고…… 그, 섹시해."

강조된 몸의 굴곡.

아슬아슬한 부분까지 노출된 쇄골.

가늘고 하얘서 아름다운 어깨와, 거기서 뻗은 긴 팔.

그리고 타이츠로 감싸인 늘씬하니 길고, 부드러워 보이는 다리.

어디든 무척 아름다웠다.

"그, 그런가요? 그건 다행이네요."

"그래서, 으음……."

그 장난은 어떤 거야?

무척이나 신경이 쓰인 유즈루는 아리사에게 물어보고 싶었지만…….

"그럼, 과자 먹죠."

"어, 어어."

자연스레 가로막혀 버렸다.

"이 케이크, 사는 거 힘들지 않았나요?"

"으―음, 뭐, 한 시간 정도 줄 섰나?"

유즈루의 대답에 아리사는 눈을 크게 떴다.

아리사가 먹고 있는 것은 이날을 위해 유즈루가 준비한 케이크였다.

어느 유명 가게의 신작으로, 구매하기 조금 힘들었다.

"그건 또, 꽤나…….”

"뭐, 휴대전화로 놀다 보니 순식간이었어. ……그것보다도 주위에서 좀 붕 떠 있었던 게, 힘들었으려나?”

"……붕 떠 있다?”

"여성들뿐이었으니까…….”

"아하하하하, 확실히 그럴지도 모르겠네요.”

아리사는 즐거운 듯 웃었다.

무척 멋진 미소지만…… 아무래도 유즈루의 시선은 그보다 아래쪽으로 향하고 만다.

바니복에서 노출된, 상반신의 가슴이다.

깊고 깊은 계곡이 그곳에 존재했다.

"그런데 제 과자는…… 어떤가요?”

"맛있어. 쇼트케이크에 몽블랑…… 아리사는 정말로 뭐든 만들 줄 아니까 굉장하네.”

몽블랑은 가슴 같은 모양이구나.

그런, 아무래도 상관없을 것들을 생각하며 유즈루는 몽블랑을 입으로 옮겼다.

적당한 단맛이 입에 퍼졌다.

"기본이 된다면 다음부터는 응용뿐이니까요. 그런데 저기, 유즈루 씨…….”

"왜?”

"그렇게나 신경이 쓰이나요?”

아리사는 작게 웃으며 자신의 가슴을 가리켰다.

유즈루의 심장이 크게 뛰었다.

"미, 미안해……."

"아뇨, 딱히 안 된다는 건 아니에요. ……그렇게나 신경이 쓰이는 걸까 해서."

"그, 그건, 뭐……."

눈앞에 커다란 가슴과 계곡이 있으니 자연스럽게 시선이 빨려들고 만다.

남자의 본성이다.

그에 더해서 유즈루에게는 아무래도 걱정되는 것이 딱하나 있었다.

"딱 하나, 신경 쓰이는 게 있는데…… 물어봐도 될까?"

"뭘까요?"

"그게……여기, 가슴의 이 부분은…… 벗겨지지는 않는거야?"

가슴 아래쪽 절반을 가리는, 삼각형의 천.

그 부분이 벗겨지지는 않는지, 애당초 어떻게 붙어 있는지 유즈루로서는 의문이었다.

어깨끈 같은 것으로 잡고 있지도 않았다.

가슴이 흔들릴 때마다 벗겨지지는 않을지 걱정……과기대 반반으로, 신경이 쓰여서 참을 수가 없었다.

"아…… 이거 말인가요?"

아리사는 유즈루의 지적에 바니복을 건드렸다.

그리고 바니복에 떠 있는 선을 문지르며 유즈루에게 설

명했다.

"여기에 와이어 같은 게 들어 있거든요. 처음부터 이런 모양으로 되어 있으니까 벗겨지지는 않아요. 코르셋 같은 방식이라, 몸에 단단히 고정되어 있어요."

"호오……."

그랬구나.

유즈루는 솔직히 감탄했다.

"자, 유즈루 씨. ……슬슬 과자, 다 먹은 거죠?"

"어? 아아……."

유즈루가 끄덕이자…….

아리사는 무릎을 꿇었다.

그리고 허벅지를 가볍게 탁탁 두드렸다.

"무릎베개, 해줄게요."

※

"어떤가요? 유즈루 씨. 기분은 어때요?"

"응, 편안해."

유즈루는 아리사의 허벅지에 머리를 얹으며 대답했다.

뒤통수에서는 부드러운 허벅지와 타이즈 특유의 감촉이 전해졌다.

그리고 눈앞에는 고무 소재로 감싸인 커다란 가슴이 있었다.

"……작년 할로윈도, 이렇게 한 기억이 있어."

"그러고 보니…… 그랬죠. 그때는 도망쳐 버렸지만요."

아리사는 그러면서 유즈루의 머리를 쓰다듬었다.

이번에는 놓치지 않겠다.

그런 아리사의 의지를 느꼈다.

다만…… 유즈루도 도망칠 생각은 없지만.

"그럼 유즈루 씨. 슬슬…… 장난, 쳐 줄게요."

아리사는 그러더니 품에서 막대기 하나를 꺼냈다.

귀이개였다.

"옆으로 돌아요."

"……알았어."

시키는 대로 유즈루는 옆으로 돌았다.

잠시 있으니 귓가에 무언가 닿고, 이내 서늘한 감촉의 귀이개가 귀 안으로 들어오는 것을 느꼈다.

버석버석, 귀 안을 스치는 것 같은 소리가 들렸다.

"어떤가요? ……아프진 않나요?"

"응, 괜찮아. 기분 좋아."

"그럼 됐어요. ……자세를 좀 바꿀게요."

아리사의 말과 동시에, 귀이개의 위치가 살짝 바뀌었다.

'……신기한 감각이야.'

유즈루는 그런 감상을 품었다.

여하튼 누군가가 귀를 파주다니, 몇 년도 더 전에 어머

니가 해준 이후로 처음이었다.

'간지러운 곳에 닿는 듯, 안 닿는 듯…… 간지럽고, 근질근질해서 기분이 이상해…….'

'아, 거기 기분 좋아!' 싶을 때도 있고, '거긴 아닌데……' 싶을 때도 있다.

스스로는 컨트롤할 수 없으니까 어쩐지 애가 타는 기분도 들었다.

그러나 그것이 나쁜가 하고 묻는다면 결코 그렇지는 않았다.

'이건 이것대로 괜찮네…….'

유즈루는 눈을 감고 귀이개의 감촉에 집중했다.

편안해서 그런지 스르륵 올라오는 잠기운에 몸을 맡기는데…….

"후—!"

"와앗!!"

유즈루는 그만 소리 높였다.

갑자기 아리사가 유즈루의 귀 안으로 숨을 불어 넣었으니까.

"후후후……."

유즈루의 놀란 모습이 재미있었는지 아리사는 기쁜 듯 웃었다.

유즈루는 조금 부끄럽다는 기분이 들었다.

"놀라게 하지 말라고."

"장난치는 중이라고요? 방심한 사람이 잘못이에요. ……뭐, 그렇게나 놀랄 줄은 몰랐지만요."

놀라게 만들 의도는 없었다.

아리사는 그렇게 말했지만…… 유즈루로서는 오히려 그편이 부끄러웠다.

"그럼, 유즈루 씨. 반대쪽으로 돌아요."

"어, 알았……."

시키는 대로 유즈루는 반대쪽으로 돌았고…….

그만 숨을 삼켰다.

눈앞에 아리사의 바니복으로 감싸인 아슬아슬한 부분이 나타났으니까.

여성스럽고 부드러워 보이는 곡선을 가진 것을 알 수 있었다.

'아, 안 돼…….'

유즈루는 황급히 눈을 감았다.

이것으로 시야에 아리사의 매력적인 부분이 비치지는 않았다.

하지만…….

'좋은 냄새가 나네…….'

눈을 감으니 시각 이외의 감각이 강화되었는지…… 아리사의 냄새가 더욱 선명하게 느껴졌다.

조금 전, 반대쪽으로 향해 있었을 때에 느껴지지 않았던 것은 역시나 얼굴의 방향 문제일 것이다.

지금은 아리사 쪽으로 코를 돌리고 있으니 더더욱 강하게 느껴졌다.

'하지만, 평소와 조금 다른 느낌이 들어……'

유즈루가 아는 아리사의 냄새는 머리카락이나 목덜미의 향기다.

샴푸 향기를 주성분으로 하는, 달콤하고 부드러운 냄새…… 그것이 유즈루가 잘 아는 아리사의 향기다.

하지만 오늘은 장소가 다른 만큼, 살짝 다른 냄새가 났다.

어딘가 새콤달콤하고, 애절한…… 그런 느낌이었다.

"어떤가요……? 유즈루 씨."

"응…… 고마워. 이젠 충분해."

귀이개를 충분히 즐긴 유즈루는 천천히 일어났다.

그리고 아리사를 돌아봤다.

"고마워, 아리사. ……답례로 내가 뭔가 할 수 있는 거, 있을까?"

그저 귀를 맡기기만 해서는 미안하다.

그런 기분으로 유즈루는 아리사에게 말했다.

"다, 답례, 인가요. 그, 그러네요……"

유즈루의 말에 아리사는 머뭇머뭇거렸다.

촉촉한 눈빛으로 유즈루를 올려다보고, 무언가 생각에 잠긴 모습을 했다가 이내…….

"키, 키스…… 해 주실래요?"

"그 정도라면."

유즈루는 끄덕이고 아리사를 살며시 끌어안았다.

그리고는 뺨, 이마에 가볍게 입맞춤을 한 뒤……

아리사의 턱을 살짝 들어 올리고는 요염한 그 입술에 자신의 입술을 겹쳤다.

"이걸로 됐어?"

유즈루의 물음에 아리사는…….

아무런 대답도 하지 않았다.

하지만 가만히, 유즈루를 계속 올려다봤다.

"저기─, 아리사?"

"그, 그게……."

유즈루의 물음에 아리사는 부끄러워하며…… 말했다.

"조금 더, 해주지 않겠나요?"

※

"조, 조금 더……?"

"예, 조금 더요."

"그, 그건, 으음…… 무슨…….."

유즈루의 물음에 아리사는 조금 아쉽다는 표정으로 말했다.

"꼭 말을 해야…… 하나요?"

"……아니, 알았어."

약혼자가 여기까지 말하게 만든 것이다.

이 이상 말하게 만드는 것은 남자로서 부적격이리라.

그렇게 생각한 유즈루는 다시금 아리사의 몸을 힘껏 끌어안았다.

한 손으로 훤히 드러난 등을 받치고, 다른 한 손으로 뒤통수를 받쳤다.

"그럼, 한 번 더 할까."

"……예."

아리사는 준비는 되어 있다는 듯 눈을 감았다.

유즈루는 그런 아리사의 입술에 또다시 자신의 입술을 겹쳤다.

여기까지는 조금 전과 똑같고.

'기, 긴장되네…….'

유즈루는 긴장으로 자신의 심장이 격렬하게 뛰는 것을 느꼈다.

유즈루도 가벼운 입맞춤이라면 할 수 있게 되었지만, 깊은 쪽은 경험이 부족하기도 해서 아무래도 긴장하고 마는 것이었다.

제대로 할 수 있을지, 알 수 없었다.

하지만…….

'여기서 물러날 수는 없지…….'

뜻을 다진 유즈루는 입술을 움직여서 더욱 밀착했다.

"응……."

그러자 아리사는 작은 숨결을 흘렸다.

유즈루는 살짝 입을 열더니 혀를 내밀고, 가볍게 아리사의 입술을 건드렸다.

　"……으응."

　살짝 아리사의 입술이 열렸다.

　유즈루는 그 틈으로 천천히 자신의 혀를 밀어 넣었다.

　혀를 안쪽으로 움직이자…….

　부드럽지만, 살짝 까끌까끌한 감촉의 무언가에 닿았다.

　유즈루는 그것과 자신의 혀를 휘감았다.

　"응……."

　혀와 혀가 휘감기자…….

　아리사가 살짝 눈을 떴다.

　녹아내리는 눈빛으로 유즈루를 올려다보며, 아리사는 양손에 힘을 실어 단단히 유즈루의 몸을 끌어안았다.

　그리고…….

　"으응……."

　아리사의 혀가 유즈루의 입술에 닿았다.

　반사적으로 입술을 벌리자 유즈루의 입 안쪽으로 아리사의 혀가 들어왔다.

　서로의 혀와 혀가 몇 번이나 오갔다.

　그리고 기나긴 시간이 흐르고…….

　"하아, 하아……."

　"후우……."

　두 사람은 간신히 입술을 뗐다.

둘 다 호흡은 거칠어졌고, 얼굴은 붉게 물들어 있었다.

"이걸로 됐을까? 아리사."

"……예."

아리사는 작게 끄덕이더니 유즈루의 가슴에 얼굴을 묻었다.

그리고 그대로 더는 움직이지 않았다.

유즈루는 일단 아리사의 머리를 쓰다듬기로 했다.

그리고 쓰다듬기를 몇 분…….

"……유즈루 씨."

천천히, 아리사는 고개를 들었다.

시간이 지나가며 아리사의 얼굴에서는 붉은 기운이……가신 것은 아니고, 오히려 조금 전보다도 더욱 붉게 물들었다.

"이, 이상한 부탁을 해서…… 미, 미안해요."

아무래도 냉정을 되찾으며 부끄러워졌나 보다.

겸연쩍은 듯 얼굴을 돌렸다.

"아니, 신경 쓸 것 없어. ……나도 하고 싶다고 생각했으니까."

"……그런, 가요? 그럼, 저기, 어째서…….."

"실패하는 게 싫어서…….."

"그렇……군요?"

아리사는 의아한 듯 고개를 갸웃거렸다.

"……이상한가?"

"아뇨…… 그저, 실패라는 게 있을까 싶어서……"

"이상한 타이밍에 그런 걸 했다가, 네가 화라도 낸다면 싫잖아."

어떤 분위기, 타이밍으로 얕은 입맞춤과 깊은 입맞춤을 나누어야 할지 알 수 없다……는 것이 유즈루의 생각이었다.

물론 이가 닿거나 한다면 거북해진다…… 같이 행위 그 자체에 대한 실패를 두려워하는 마음도 있었다.

"그건…… 그러, 네요."

아리사도 TPO의 구별도 없이, 마구 깊은 입맞춤으로 다가오는 건 사양하고 싶을 것이다.

어렵다는 듯 미간을 찌푸렸다.

"……나도 항상 그러고 싶은 것도 아니고."

아리사와는 '인사의 키스', '작별의 키스', '감사의 키스'를 몇 번이나 거듭했지만, 그것들 모두를 '깊은 입맞춤'으로 바꾸는 것은 유즈루로서도 힘겹다.

체력과 기력을 사용하니까.

덧붙여서 상응하여 애타는 기분이 되니까, 그 후의 활동에 영향을 미친다.

"……뭔가, 사인 같은 걸 생각할까요?"

"사인인가…… 그렇다면 말로 표현해 주는 게……."

"역시, 꼭 말을 해야만…… 하나요?"

"아, 아니, 그런 것도 아니긴 한데……."

유즈루와 아리사는 함께 고민하고, 마침내…….

"……서로, 헤아릴 수 있도록 노력하자는 걸로."

"그러네. 횟수를 거듭하다 보면, 그런 것도 알 수 있게 될 테니까……."

일단은 결론을 뒤로 미룬다는 결론에 다다른 것이었다.

※

할로윈으로부터 며칠이 지난 어느 날…….

치하루의 집에서.

"해피 할로윈! ……그리고 제가 줄 건 몽블랑이에요."

아리사는 친구들──아야카, 치하루, 텐카──에게 케이크를 건넸다.

아야카는 눈을 반짝이고, 치하루는 감탄을 터뜨리고, 텐카는 조금 미안하다는 표정을 지었다.

"역시 아리사야!!"

"정성이 들어갔네요."

"어, 어쩐지, 미안하네……."

오늘은 할로윈 파티……라는 명목으로 열린 여자 모임이었다.

각자 가장을 하고, 차나 과자를 가져와서 먹고 마시며, 평상시의 불평이나 재미있는 이야기를 한다……. 그러니까 하는 일 자체는 평소와 별반 다르지 않았다.

"유즈루 씨한테 주는 겸 만든 거니까, 괜찮아요."

"그, 그래……?"

텐카만이 미안해하는 것은 그녀가 시판 과자를 가져왔기 때문이었다.

요리는 그다지 특기가 아니기에 직접 만드는 것보다도 백화점에서 사는 편이 낫겠다는 그녀 나름대로의 판단이었지만…….

그러나 아야카도 치하루도 아리사도, 다들 직접 만든 것으로 가져왔으니까 살짝 눈치가 보이는 기분이었다.

"나도 즐거우니까 만들었을 뿐이야."

신이 난 표정으로 몽블랑을 먹기 시작하며 아야카는 그렇게 말했다.

그런 그녀는 검은 에나멜 재질 비키니 같은 의상을 입고 있었다.

등에는 검은 날개, 엉덩이에는 삼각형 꼬리가 튀어나와 있었다.

본인이 말하길, '서큐버스' 가장이었다.

"실제로 시판 제품이 더 맛있으니까요. 뭐, 완성도는 별개지만……."

그러면서 텐카가 가져온 쿠키를 입으로 옮기는 것은 치하루였다.

그녀 역시도 무녀 가장을 하고 있었다.

다만 통상적인 무녀복과는 조금 다르게, 옆구리 부분의

천이 없었다.

"그, 그렇게 말해 준다면 기쁘지만……."

"저로서는 과자 같은 것보다도 큰 문제가 있다고 생각하지만요."

유즈루에게 선보인 것과 같은 바니복을 입은 아리사가 텐카를 보며 그렇게 말했다.

텐카는 움찔 몸을 떨었다.

"뭐, 뭔데……?"

"가장은 어디 갔나요, 가장은."

텐카는 가장이라고 할 수 있을 옷을 입고 있지 않았다.

평범한 사복으로 온 것이었다.

시판 과자보다도 그쪽이 훨씬 더 '분위기를 못 읽는다'라고 할 수 있을 것이다.

"아, 아니, 그게…… 모, 못 들었기도 하고…… 부, 부끄러워……."

텐카는 얼굴을 붉히고 머뭇머뭇하며 그렇게 말했다.

그리고는 아야카, 치하루, 아리사를 가볍게 노려봤다.

"애, 애당초…… 너희는 과격하다고. 좀 더…… 평범하고 건전한 가장을 해."

텐카의 지적은 확실히 지당했다.

아야카, 아리사는 대담하게 피부를 노출시켰고, 치하루의 무녀복 역시 어깨부터 위팔의 천이 부자연스럽게 잘려 있어서 무명천으로 감싸인 커다란 가슴 옆 부분이 노출되

어 있었다.

도저히 밖을 돌아다닐 수 있는 복장이 아니었다.

"건전하지 않다고 생각하는 텐카의 마음이 불건전한 거 아냐?"

"그래요. ……제 복장은 무녀복이라고요?"

"……여자들끼리 있는데 어떤가요?"

아야카는 싱글싱글 미소를 지으며, 치하루는 당당하게 가슴을 펴고, 아리사는 조금 부끄러운 듯 눈을 피하면서도 각자 대답했다.

"뭐, 뭐어, 입고 오라고 그래도…… 애당초 나는 그건 거, 안 가지고 있어서."

없으니까 입고 싶어도 못 입는다.

아아ㅡ, 분해라ㅡ.

보란 듯이 텐카는 그렇게 말했다.

그런 텐카에게…….

아야카는 싱긋 미소를 지었다.

"그건 안심해도 돼. 어차피 텐카는 안 갖고 있을 거라 생각해서…… 텐카가 입을 복장을 준비해 뒀으니까."

"뭐……?"

텐카의 표정이 굳어졌다.

"마, 말해 두겠는데…… 너, 너랑 같은 건 절대로 안 입는다고?"

"다들 똑같은 옷이면 재미없잖아? 괜찮아. 차이나드레

스니까…… 그게, 지난번 미스 콘테스트용으로 쓴 거."

"차, 차이나드레스라, 그거라면…… 아니, 하지만……."

차이나드레스라면 그렇게 이상하지는 않을지도 모른다.

아니, 하지만 이 집단과 비교하면 평범할 뿐이지 역시 이상한 것 같기도…….

갈등하기 시작하는 텐카.

"응, 강요하진 않아. 기왕 준비했으니까 입어 줬으면 좋겠지만."

"저도 보고 싶어요! 틀림없이 어울릴 거예요!"

"……텐카 씨만 사복이라니 쓸쓸하다고요."

세 사람이 저마다 그렇게 말하자…….

"으, 으――― 뭐, 뭐어, 조금, 뿐이라면……."

떨떠름한 표정으로 텐카는 고개를 끄덕였다.

세 사람은 얼굴을 마주 보고 싱긋 미소를 지었다.

"짜자―안! 자, 텐카, 부끄러워하면 안 되겠지? 앞으로 나와서…… 자, 어때? 다들!! 어울리지?"

텐카의 옷을 갈아입힌 아야카는, 그녀를 앞으로 내밀고는 큰 목소리로 말했다.

한편 텐카는 차이나드레스의 옷자락을 붙잡으며 부끄러운 듯 고개를 숙이고 중얼거렸다.

"소, 속았어……."

확실히 아야카가 준비한 가장은 차이나드레스였다.

하지만 평범한 차이나드레스가 아니라, 옷자락이 좀 기이하게 짧은…… 이른바 미니스커트 차이나드레스였던 것이다.

"좋네요! 보일 듯 안 보이는 느낌이 정말 멋져요!!"

치하루는 꺄악 비명을 치르며 손뼉까지 쳤다.

텐카는 어떻게든 천을 늘려 보려고 밑자락을 밑으로 잡아당겼지만…… 그 동작은 아야카와 치하루를 기쁘게 만들 뿐이었다.

"무척 잘 어울려요. 텐카 씨는 다리가 길고 예쁘니까요. 어울릴 거라고 생각했어요."

아리사 역시도 고개를 끄덕이며 텐카를 칭찬했다.

동시에 그녀가 혹시 학원제 미스 콘테스트에 나왔다면 조금 힘겨운 승부가 되었을지도 모르겠다고, 안도했다.

"저기, 텐카. ……다리를, 이렇게, 올릴 수 있겠어?"

"사진, 오케이인가요?"

"싫어! 안 돼!!"

옷자락을 누르며 텐카는 외쳤다.

그리고 거듭 성희롱을 반복하는 아야카랑 치하루와 몇 번의 공방을 펼친 뒤…….

"그, 그런데…… 타카세가와 군이랑, 그건 잘 됐을까?"

"예?!"

아야카와 치하루의 공격을 돌리고자 텐카는 억지로 화제를 바꾸었다.

아야카와 치하루는 텐카의 억지스러운 화제 전환을 알아차렸지만…… 아리사를 추궁하는 편이 더 재미있겠다고 판단하여 그 흐름에 넘어갔다.

"그래! 어땠어? 아리사."

"뜨거─운 키스는 나누었나요?"

싱글싱글 미소를 지으며 두 사람은 아리사에게 물었다.

한편 아리사는 얼굴을 새빨갛게 물들이고 ──그리고 텐카를 노려보며── 작게 끄덕였다.

"어, 예…… 뭐…… 그럭저럭?"

"어디까지 갔나요? ……혹시 어른의 계단을 올라가 버렸나요?"

"아, 안 올라가요!"

아리사는 크게 고개를 몇 번이고 가로저었다.

"저랑 유즈루 씨는, 어디까지나 플라토닉한 관계로……."

"호오─, 바니복은 플라토닉한 거였구나."

텐카는 짐짓 놀란 듯 소리 높였다.

한편 놀림을 당한 아리사는 텐카를 노려봤다.

"시끄러워요. 제가 플라토닉하다고 하면, 플라토닉한 거예요!"

그리고 당당하게 정색하고 나섰다.

다만 얼굴은 여전히 붉은 채라서, 그저 부끄러움을 감추려는 것은 명백했다.

아야카는 만족스럽게 끄덕였다.

치하루도 마찬가지로 크게 끄덕였다.

"그러네요. ……아, 그렇지. 이전의 제안, 유즈루 씨랑 이야기했나요?"

"……이전의 제안, 이라고요?"

"그게, 제 아이랑 아리사 씨 아이 이야기요."

생글생글하는 표정으로 치하루는 그렇게 말했다.

자기 아이랑, 유즈루와 아리사의 아이를, 정략결혼을 시켜서 우에니시와 타카세가와 우호의 가교로 삼자…….

그것이 치하루가 한 '이전의 제안' 내용이었다.

"아, 아아…… 그 이야기 말인가요."

치하루의 물음에 아리사는 애매한 미소를 지었다.

아리사의 태도에 치하루는 고개를 갸웃거렸다.

"어라? 아직 안 했나요? 유즈루 씨한테도 이야기는 전했을 텐데……."

"어, 아뇨…… 솔직히 농담이라고 생각했으니까, 그렇게 진지하게는……."

아리사는 치하루에게 그 이야기를 들었을 때, 농담이라고 생각했다.

하지만 유즈루와 그 이야기를 했을 때, 적어도 유즈루는 ──어디까지나 미래의, 확정되지 않은 이야기라는 것을 전제로 한다지만── 농담이 아니라고 받아들였다.

아리사는 그것이 무척 마음에 걸린다고 느꼈다.

"농담으로 그런 이야기는 안 해요. 다만, 아직 먼 미래의 이야기니까, 그때에 서로가 어떻게 되어 있을지는 모르니까 가정에 가정을 거듭한 이야기지만…….”

혹시 두 사람의 아이가 약혼자를 정할 단계가 되면, 우리 우에니시의 아이를 유력 후보로 삼아줘요.

치하루는 미소를 지으며 그렇게 말했다.

“기왕이니까 나도 편승해 버릴까? ……타치바나도 잊지 말라고?”

아야카는 히죽 미소를 짓고 말했다.

두 사람의 기세에 아리사는 굳은 표정으로 끄덕였다.

“아, 예…… 기, 기억해 둘게요…….”

먼 미래의 이야기로, 머릿속 한구석에.

아리사는 애매한 대답을 하는 것이었다.

※

하늘이 붉게 물들이 시작할 무렵.

어두워지기 전에 돌아가자고, 그날 여자 모임은 마무리되었다.

“그럼 잘 가—.”

차에 타서 손을 흔드는 아야카를 배웅한 아리사와 텐카는 얼굴을 마주봤다.

“우리도 돌아갈까요.”

“그러네.”

둘이 함께 역으로 가서 전철을 탔다.

"……텐카 씨한테 물어보고 싶은 게 있는데요."

각자 자리에 앉아서 곧바로 아리사는 이야기를 꺼냈다.

텐카는 고개를 갸웃거렸다.

"뭘까?"

"정략결혼 이야기…… 어떻게 생각해요? 솔직히…… 저는 그런 미래의, 생기지도 않은 아이의 이야기를 꺼내 봐야 곤혹스러울 뿐인데……."

아리사는 불안했다.

치하루의 태도가 너무나도 당당했으니까.

덧붙여서 아야카 역시도 치하루의 제안에 그다지 놀란 태도를 내비치지 않았다.

어쩌면 자신의 감각이 이상한 것은 아닐까.

모두가 태연하니 그렇게 스스로를 의심하게 되는 상태에 이르러 있었다.

"아니, 아리사 씨의 감각이 보통이라고 생각하는데?"

"그런……가요?"

"애당초 맞선 자체가 요즘 세상에는 드물잖아."

연애결혼이 당연해지고 맞선조차 드물어진 요즘 시대.

정략결혼을 하는 인간이라니, 멸종위기종일 것이다.

하물며 태어나지도 않은 아이가 대상이라면…… 이미 화석 수준이다.

"아니…… 그게, 유즈루 씨랑 치하루 씨 같은 가문이라면, 당연한 걸까 해서요…….”

아리사도 일반적으로는 자신의 상식이 옳다는 걸 안다.

하지만…… 이른바 ‘상류 계급’의 인간 사이에서는, 자신의 서민 감각 쪽이 이상한 것이 아닐까?

그런 의문을 품은 것이었다.

“너는 자각이 없을지도 모르겠지만, 유키시로……라고 할까, 아마기 가문도 상당히 좋은 가문이지?”

“그런…… 모양이에요.”

지금은 경제적으로 쇠하고 말았지만, 유키시로 가문이나 아마기 가문도 과거에는 상당한 권세를 자랑한 일족이었다.

특히 가문의 명성이라는 관점에서 생각하면…… 타카세가와 소겐이 눈여겨 볼 정도로는 좋은 일족이다.

“그런 일족인 네가 이상하다고 생각한다면, 그게 정답이겠지 뭐. ……아니면 너희 가족은 다들, 그런 먼 미래의 이야기를 생각하는 거야?”

“……아뇨, 그런 일은 없겠죠.”

정략결혼에 긍정적이라고 할 수 있는 아마기 메이조차 ‘아직 태어나지도 않은 아이의 약혼 이야기라니, 농담이겠죠?’라는 태도였다.

그것이 평범한 감각이다.

“그러면 타카세가와 군은 실제로, 어떤 느낌이야? 치하루 씨의 제안에 의욕적이야?”

"아뇨, 딱히 그렇게까지는. ……다만 가능성으로는 있을 수 있다고 할까, 일단 긍정적으로 고려는 해둔다는 느낌이었어요……."

가정에 가정을 거듭한 이야기.

먼 미래의 이야기.

혹시 아이가 생긴다면. 그 아이들에게 그런 생각이 있다면야.

그런 전제를 두기는 했지만…….

긍정적으로 받아들이는 것은 명백했다.

"호오…… 과연 그렇구나. 역시 타카세가와 가문이네."

"역시라뇨……?"

"타카세가와 가문이랑 우에니시 가문이라고 하면 케케묵은 생각을 하는 사람들 중에서도, 특히나 케케묵은 걸로 유명하니까."

텐카는 어깨를 으쓱였다.

"역시 세습이니, 가문의 이름이라든지, 혈연이라든지…… 그런 것에 집착하는 부분이 있는 걸까 싶네."

"……텐카 씨 집안은 다른가요?"

나기리 가문은 이른바 '종교 단체', 그리고 그와 관련된 비즈니스를 진행하고 있다.

그리고 텐카도 그것을 이어받을 것이다……라고 아리사는 들었다.

텐카와 그녀의 부모님도 '가문을 잇는다'는 것에 집착하는 것처럼 보이지만…….

"그야…… 가능하다면 잇는 걸 바라는 모양이지만. 그 이상은 특별히 기대하는 것도 아니야. 우리 부모님이나 조부모님은 최소한, 결혼해서 후계자를 만들어 주기만 한다면 상대가 누구라도 관계없다고 생각해. 그렇다기보다는, 결혼해 준다면 기쁘겠다……라는 느낌일까?"

텐카의 부모님이나 조부모님은 그렇게까지 세습에 집착하는 것은 아니다.

물론 텐카가 잇는 걸 바라고, 텐카에게 자식이 생긴다면 그 아이도 이어 주기를 바랄 것이다.

하지만 아직 태어나지 않은 아이한테까지 가문 잇는 걸 바라지는 않는다.

아이가 잇기를 바라는 것이지, 이어받을 아이를 만든 것도, 만들기를 바라는 것도 아니다.

"……보통, 이군요."

아리사는 중얼거렸다.

'가업을 잇는다'라고 하면 거창하게 들리지만, 아이가 자신과 같은 일을 하기를 바라는 것은, 부모들에게 그다지 이상한 일이 아니다.

그리고 아이가 부모와 같은 일을 하고 싶어 하는 것도, 특별히 이상한 일이 아니다.

아리사의 양아버지와 의동생…… 아마기 나오키와 아마기 메이도 텐카와 비슷한 생각이다.

"그래. 같은 가치관이라 다행이네."

텐카는 미소를 지었다.

한편 아리사는 우울한 표정이었다.

"저랑 유즈루 씨는 가치관이 다르다는 거군요……."

"으—음, 뭐, 그러네. 그는 틀림없이…… '이어받도록 만들려고 낳은 아이'일 테니까."

이어받도록 하기 위해 아이를 낳고 기른다.

그것은 자신의 아이가 이어받기를 바라는 것과, 비슷한 것 같으면서도 정반대다.

물려주는 것 자체가 전제이니까.

타카세가와 유즈루라는 인간은 그런 부모와 가문 아래에 태어났다.

"……유즈루 씨한테 보통이 아닌 건 저, 인가요."

"그렇겠네. 그렇게 간단히 가치관을 바꿀 수는 없을 테니까. 하지만, 그렇다고 해서……."

거기까지 말하려다가 전철이 멈췄다.

텐카가 사는 아파트가 있는, 가장 가까운 역에 도착한 것이었다.

"그럼, 난 갈게."

"예. 내일 봐요."

텐카는 그대로 일어나서, 전철에서 내렸다.

그리고 아리사를 배웅하며…… 중얼거렸다.

"……힘내."

맞선 보고 싶지 않아서

억지스러운 조건을 달았더니

동급생이 온 일에 대해서

11월 중순 어느 날······.

"아, 봐요, 유즈루 씨. 후지산이 보였어요."

신칸센의 작은 창문으로 비치는 푸르고 하얀 산을 가리키며 아리사는 기쁜 듯 말했다.

유즈루도 크게 끄덕였다.

"그런가······ 벌써 후지산이 보이는 곳까지······. 도착할 때까지 얼마나 남았지?"

유즈루의 입에서 무심코 한숨이 새어 나왔다.

목적지──교토 · 나라──까지의 여정 가운데 삼분의 일 정도를 간신히 온 정도일까.

이제부터 후지산이 안 보일 때까지 계속 가야만 한다.

"으─음······ 앞으로 한 시간 정도네요. ······그보다도, 유즈루 씨도 가지고 있죠? 안내서."

수학여행의 안내서를 읽으며 아리사는 말했다.

유즈루는 작게 어깨를 으쓱이고 가볍게 웃었다.

"훗······ 인생이라는 건, 항상 예정대로 진행되지 않는 법이니까. 나는 그런 건······."

"귀찮으니까 딱히 안 읽는다는 건가요."

"요컨대 그런 거야."

유즈루의 대답에 아리사는 어이없다는 표정을 지었다.

그렇다, 오늘 유즈루와 아리사를 포함한 2학년들은 수학여행에 나섰다.

기간은 3박4일, 목적지는 왕도인 교토와 나라다.

"기대되지 않아요?"

아리사는 의아하다는 표정으로 말했다.

아무래도 아리사는 엄청 기대가 되는지 안내서를 몇 번이나 탐독한 모양이었다.

이른 아침, 조금 졸려 보이던 것이 인상적이었다.

다만 지금은 흥분 탓인지 잠기운을 느끼지는 않는 것 같지만……

'……나중에 졸지 않으면 좋겠는데.'

유즈루의 어깨에 머리를 기대고 잠이 든…… 그런 아리사의 모습이 환상처럼 보였다.

"설마! 너랑 같이 가는 여행이니까. 기대되지 않을 리가 없잖아."

유즈루는 그리 말하면서 아리사의 머리를 가볍게 쓰다듬었다.

아리사는 기분 좋은 듯 눈가에 호를 그렸다.

"그런가요? 그렇다면 상관은 없는데요."

아리사는 깊이 따지고 들지 않고 미소를 지었다.

역시나 기분이 좋아 보였다.

'……딱히 기대되지 않는 건 아니지만.'

그렇다고 해서 아리사만큼 기대하는, 두근두근할 정도는 아니다.

그것이 유즈루의 본심이었다.

사실 교토, 나라는 가족과 같이 몇 번이나 방문한 적이 있다.

같은 곳을 몇 번이나 보면서 즐길 수 있을 만큼, 유즈루는 역사를 좋아하지는 않는다.

그러니까 아리사, 그리고 친구들과의 여행이라는 의미에서는 나름대로 기대하고 있지만……

또 교토랑 나라인가…… 싶은 기분은 있었다.

다만 기대하는 아리사한테 그런 이야기를 해봐야 딱히 의미는 없으니.

세상에는 말하지 않아도 되는 본심, 말하지 않는 편이 나은 본심이 있는 것이다.

"이것 참, 그렇게까지 기뻐해 주다니. 지역 사람으로서는 정말 기뻐요."

생글생글 미소를 지으며 그렇게 말한 것은, 아리사의 앞자리──좌석을 회전시켜서 정면이기도 하다──에 앉아 있는 소녀.

우에니시 치하루였다.

그렇다, 그녀의 본가는 교토에 있다.

……그녀에게는 실질적으로 귀향이다.

과연 즐길 수 있을지, 살짝 의문이었다.

"그러고 보니 치하루 씨랑 텐카 씨의 본가는 교토였죠?"

"예, 뭐…… 저기, 혹시 들리실 건가요? 저로서는, 안 그래도 옅은 수학여행 기분을 더욱 희박하게 만들고 싶진 않은데……."

역시나 치하루로서는 교토, 나라로 수학여행을 가는 것은 그다지 기쁘지 않은 듯했다.

그리고 치하루 옆에 앉은 소녀, 나기리 텐카 역시도 고개를 크게 가로저었다.

"……나도, 그게, 본가로 초대하는 건, 아니, 딱히 안 되는 건 아니지만."

무척 부정적인 표정으로 텐카는 말했다.

아리사는 당황한 모습으로 고개를 가로저었다.

"아, 아뇨, 딱히 들르고 싶은 건 아니에요. 아니, 들르고 싶지 않다면 어폐가 있지만……."

다음에, 또 다른 기회에 부탁할게요.

아리사가 그렇게 말하자, 치하루와 텐카는 고개를 크게 끄덕였다.

둘 다 수학여행만 아니라면 문제없는 듯했다.

"기왕 간다면, 유원지가 좋아요, 유원지. ……기왕 이야기가 나왔으니까, 오사카까지 가지 않을래요?"

생글생글 치하루는 미소 지으며 그런 말을 꺼냈다.

아리사는 어이없다는 표정을 지었다.

"그야 당연히 안 되잖아요, 관계없는 곳에 가는 건……."

"괜찮아요. 자유행동이고, 선생님들도 항상 지켜보는 것도 아니니까……."

아무래도 치하루는 농담이 아니라 진심으로 가고 싶나 보다.

확실히 그녀의 입장에서는, 고향에서 관광하는 것보다는 유원지에 가고 싶을 것이다.

하지만 치하루에게 아리사는 쓴소리를 입에 담았다.

"기분은 알겠지만…… 레포트 과제는 어떻게 하려고요?"

그들이 다니는 고등학교의 수학여행은 원칙적으로 자유행동이다.

하지만 수업의 일환인 이상, 노는 데만 정신이 팔리거나 관광에만 열을 올려도 되는 것은 아니었다.

사전에 교토랑 나라와 관련된 연구 테마를 설정하고, 그것을 조사해야 한다.

그곳에서 벗어나서는 안 되고, 나중에 의무적으로 레포트를 제출해야 했다.

"어?! 아리사 씨, 진지하게 조사할 생각인가요?! 수학여행인데……."

"수학여행이니까요? 그런 부분은 최소한이라도, 제대로 해야……."

두 사람은 서로 놀란 표정을 짓고…….

동의를 구하고자 주변 멤버들의 얼굴을 둘러봤다.

"나는 마음대로 관광하고, 나중에 대충 갖다 붙일 생각이야."

그렇게 대답한 것은 통로를 사이에 두고 반대편 좌석에 앉아 있는 소년, 사타케 소이치로였다.

그리고 그에 동의하듯 끄덕이는 것은…… 소이치로 옆에 앉은 소녀, 타치바나 아야카.

"나도…… 소이치로 군이 쓴 걸 나중에 보여 달라고 해서, 베낄 생각이야!"

어째선지 득의양양하게 가슴을 펴는 아야카에게 쓴웃음 지으면서도…….

유즈루도 이어서 대답했다.

"나는…… 굳이 밖에서 조사하지 않더라도, 책이랑 인터넷으로 알 수 있는 걸 테마로 해서 사전에 만들어 뒀어. ……수학여행 중에 과제 레포트가 떠오르는 건 싫으니까."

유즈루, 소이치로, 아야카는 치하루파였다.

만족했다며 치하루는 득의양양한 표정을 지었다.

"저도 유즈루 씨랑 마찬가지로 사전에 만들어 뒀어요. 수학여행은 쓰러질 때까지 놀 생각이에요."

모처럼의 수학여행이라고요.

공부 같은 건 생각하지 않고 노는 게 '보통'이에요.

치하루는 당당하게 그리 주장했지만…….

"나는 나름대로 진지하게 할 거야…… 거짓말로 꾸며서 제대로 만들 자신은 없으니까."

"나도 최소한, 모양새는 갖춰야지."

히지리와…… 그리고 그 옆, 마침 치하루와 히지리 사이에 앉아 있는 소녀, 나기리 텐카는 아리사의 의견에 찬성을 표했다.

아군이 있다라는 사실에 아리사는 안도의 한숨을 내쉬었다.

하지만 치하루는 여전히 득의양양한 표정이었다.

"다수파는 저네요."

"으음……."

승리를 자랑하는 표정의 치하루를 상대로, 아리사는 조금 분하다는 표정을 지었다.

그리고 유즈루를 돌아봤다.

"유즈루 씨! 제 약혼자라면 제 의견에 찬성해 줘요!!"

"아, 아니, 그거랑 이건 다른 이야기라고 할까……."

아리사의 아군이 되어 줄 수 없어서 미안하다고 생각하면서도, 유즈루는 의견을 바꿀 생각은 없었다.

……과제 레포트를 생각하면서 수학여행에 참가하고 싶지는 않으니까.

"으음…… 뭐, 여러분의 과제니까 그건 자유라고는 생각하지만…… 하지만 오사카는 어떻게 설명할 방법이 없지 않을까요……."

어디까지나 '교토, 나라에 대해서 조사한다'라는 과제다.

혹시 교사한테 들켜서 왜 오사카까지 갔느냐는 질문을

받았을 때에 설명할 수가 없다.

"괜찮다고요, 들키지만 않으면……."

치하루는 싱글싱글 미소를 지으며 말했다.

이 말에는 아리사는 곤혹스러운 표정을 지었다.

"그, 그건…… 아, 아니, 하지만……."

"자, 유즈루 씨. ……약혼자로서, 말해 줘요."

치하루에게 유즈루는 '아군'으로 인식되는 모양이었다.

확실히 유즈루는 치하루와 비슷한 의견을 가지고는 있지만…….

"아무리 그래도 오사카까지는 말이지……. 선생님도 역에서 지키고 있지 않을까?"

오사카까지 놀러가자는 치하루의 의견에는 찬성하기 힘들었다.

유즈루는 '약혼자'로서 아리사의 편이 되어주기로 했다.

이 말에는 아리사도 만면의 미소를 지었다.

한편 치하루는…….

"으음…… 뭐, 괜찮겠죠."

간단히 물러났다.

역시나 규칙 위반은 바람직하지 않겠구나 생각을 바꾸었다……기보다는 아리사랑 히지리, 텐카를 배려한 것이리라.

세 사람은 진지하게 과제 조사를 할 생각이니까 오사카에서 놀 수는 없는 것이었다.

"그렇다면 전력으로 관광을 즐기기로 하죠. 안내는 맡겨 줘요!"

그러면서 치하루는 크게 가슴을 폈다.

이러니저러니 해도, 친구와 함께 여행을 하는 것 자체는 기대되는 모양이었다.

"……그건 그렇고, 재미있네."

"뭐가 재미있어? 히지리 군."

"아니, 가치관이나 사고방식의 차이가 짙게 드러나는구나 해서. 특히 과제에 대해서는 딱 둘로 나뉘었잖아."

"아…… 확실히. 자란 환경의 차이일까……."

텐카와 히지리는 작게 그런 대화를 나누었다.

※

그리고 신칸센으로 약 한 시간.

일행은 목적지——교토역——에 도착했다.

이곳에서부터는 각자 자유행동이다.

사전에 제출한 계획 그대로 움직이는 사람도 있고, 몰래 유원지로 가는 사람이 있기도 했다.

그리고 유즈루 일행은…….

일단 전자였다.

버스와 지하철을 이용해서 관광지나 명소, 박물관을 돌

았다.

그리고 시간은 흘러서 15시.

"일단…… 오늘 중으로 돌아봐야 하는 곳은 다 돌았나."

"그러네. 생각했던 것보다도 막힘없이 진행됐네."

텐카와 히지리는 만족스럽게 말했다.

둘 다 과제에 필요한 최소한의 조사를 이날 중으로 마칠 수 있었던 것이다.

아직 사흘이나 있다는 것을 생각하면 스케줄에는 무척 여유가 있다.

"아리사 덕분이네."

아야카는 미소를 지으며 아리사를 칭찬했다.

유즈루도 동의하듯 크게 끄덕였다.

"그래…… 감사하라고."

"왜 네가 거만하게 구는 거야……."

소이치로가 어이없다는 표정을 지었다.

효율적으로 돌 수 있었던 것은, 아리사가 각자가 가고 싶은 장소를 듣고 관광 루트를 짜주었으니까.

그래서 헤매지 않고 돌 수 있었다.

"이것 참, 그건 그렇고 아리사 님 만만세네요. ……저보다도 잘 아는 거 아니에요?"

치하루 또한 아리사를 추어올렸다.

이곳이 고향이기도 한 치하루는 이번에 그다지 도움이 되지 않았다.

……좋은 집안 아가씨인 그녀는 지역 대중교통을 잘 몰랐던 것이었다.

"너, 너무 치켜세우지 말아요…… 일단 호텔로 가죠."

자유행동이라고는 해도 당연히 언제까지고 외출해도 되는 것은 아니다.

사전에 학교가 예약한 호텔로, 17시까지 돌아가는 것이 규칙이다.

호텔까지는 나름대로 거리가 있지만…….

두 시간이라면 늦지는 않을 것이다.

이리하여 그들은 호텔로 이동하려고 했다.

하지만…….

"저기…… 아리사 씨. 하나만 확인하고 싶은 게 있는데요. 내일 이후의 예정을 가르쳐 줄래요?"

"내일 말인가요? 내일은……."

아리사는 메모장을 꺼내어 치하루에게 보여줬다.

그러자 치하루의 표정이 어두워졌다.

"……키요미즈데라가 안 들어 있잖아요!"

"예? 하지만 치하루 씨의 연구 테마는…… 딱히 키요미즈데라는 관계없죠? 그보다도, 사전에 만들어 둔 거 아닌가요?"

수학여행은 노는 것이 아니다.

이것이 끝난 뒤, 사전에 설정한 연구 테마에 따른 내용의 레포트를 제출할 필요가 있다.

그런 사정도 있어서 관광 예정지에는 진지하게 레포트를 만들 생각인 히지리와 텐카, 그리고 아리사 본인의 희망이 반영되어 있었다.

그 다음은 소이치로와 아야카다.

한편 유즈루와 치하루의 희망은 들어 있지 않았다.

물론 이것은 아리사가 심술을 부려서 그런 것이 아니라, 유즈루와 치하루가 '어디어디에 가고 싶다' 같은 주장을 하지 않았기 때문이었다.

유즈루도 치하루도 사전에 레포트를 작성해 놓았다.

그러니까 딱히 가야만 하는 장소도 없었다.

진지하게 연구할 생각인 히지리랑 텐카, 그리고 아리사의 희망을 우선시해야 한다……고 두 사람은 생각했던 것이다.

……그 결과, 박물관이나 미술관이 메인이 되어 버려서, 유명한 관광지는 뒷전이 된 것이었다.

"그렇지만…… 하지만 내일 안 가면 더는 못 간다고요? 키요미즈데라에 안 가는 교토 관광이라니, 문어가 안 들어 있는 타코야키 같은 거잖아요."

사흘째 이후에는 나라현으로 이동하게 된다.

그러니까 교토를 관광할 수 있는 것은 오늘이나 내일뿐이다.

"으—음…… 하지만 내일은 의외로 스케줄이 빡빡하거든요……."

"……뭐, 무리해서 가자고 하진 않겠지만요."

치하루로서는 모두 함께 수학여행다운 추억을 만들고 싶지만…….

하지만 뒤늦게 말을 꺼낸 이상, 무리한 이야기를 할 수 없는 모양이었다.

"……그럼, 지금부터 갈까요?"

"예? ……지금부터요?"

아리사의 갑작스러운 방침 전환에 치하루는 눈을 크게 떴다.

놀라는 치하루에게 아리사는 짓궂게 웃었다.

"저도 가고 싶어져 버렸어요. 여러분은 어때요? ……안 될까요?"

아리사의 물음에 다른 이들은 얼굴을 마주 보고…… 끄덕였다.

아리사 역시도 만족스러운 미소를 짓고, 그리고 치하루는 눈을 반짝였다.

※

키요미즈데라 근처의…… 어느 가게에서.

"늦잖아, 둘 다."

탈의실에서 나온 소이치로와 히지리를 유즈루가 타박했다.

두 사람은 나란히 어깨를 으쓱였다.

"네가 빠른 거야."

"평소부터 입는 녀석은 다르구나."

세 사람은 전통 복장을 입고 있었다.

물론 가져온 것은 아니고 빌린 것이었다.

세상에는 전통 복장을 입고 관광을 즐기고 싶다는 관광객을 대상으로, 기모노를 빌려주는 서비스가 있다.

그것을 이용하는 모양새가 되었다.

"여자들은…… 아직인가."

"늦네."

"여자는 시간이 걸리는 법이니까. 어쩔 수 없지."

유즈루가 그렇게 말하자 소이치로와 히지리는 저마다 미간을 찌푸렸다.

우리한테는 늦었다고 투덜댔으면서……. 그렇게 말하고 싶은 표정이었다.

그리고 세 사람이 기다리기를 5분 정도…….

"기다렸죠……."

미안하다는 표정으로, 기모노를 입은 아리사가 탈의실에서 나왔다.

새빨간 단풍 무늬로 가을에 어울리는 기모노였다.

"어떤……가요?"

"잘 어울려. 멋져."

유즈루가 그러면서 칭찬하자 아리사는 뺨이 어렴풋이 붉게 물들었다.

아리사는 기쁜 듯 수줍게 미소 지었다.

그리고 잠시 후, 다른 세 사람도 탈의실에서 나왔다.

각자 자신의 취향이나 이미지 컬러에 맞춘 기모노를 입고 있었다.

"일단 본당 쪽으로 갈까요."

아리사의 제안에 따라 일행은 본당을 향해 언덕길을 오르기 시작했다.

"그러고 보니 이 언덕에서 넘어지면, 3년 이내로 죽는다 더라."

계단을 오르는 도중에 텐카는 즐거운 듯 그런 이야기를 시작했다.

텐카는 이런 쪽의 저주나 오컬트 이야기를 좋아했다.

한편 그런 쪽의 화제를 꺼리는 사람도 있었다.

"예? 그, 그게 뭔가요⋯⋯."

아리사는 얼굴이 새파래졌다.

어지간히도 무서웠는지, 절대로 넘어지지 않겠다는 듯 유즈루의 팔에 단단히 매달렸다.

⋯⋯반대로 유즈루 쪽이 넘어질 뻔했다.

"응? 그거, 뭔가 들은 적 있어. 뭔가, 그림책 같은 데서 읽어본 것 같은데⋯⋯."

히지리는 의아한 듯 고개를 갸웃거렸다.

그렇구나, 확실히 유즈루도 '3년밖에 못 산다' 같은 프레이즈를 어딘가에서 들어본 적이 있는 것 같다.

그것은 아마도…….

"3년 고개 이야기 아냐?"

소이치로가 그렇게 말하자 히지리는 '그거다!'라며 크게 외쳤다.

유즈루도 떠올랐다.

초등학생 때, 국어 교과서에서 읽은 기억이 있었다.

"……저도 알아요. 그 이야기 때문에, 밤에도 잠을 못 잘 정도였어요."

"어어……."

얼굴이 새파란 아리사를 보고 유즈루는 곤혹스러웠다.

확실히 전반 부분은 무서운 이야기였지만, 그러나 최종적으로는 해피엔딩이었을 터.

적어도 밤에도 못 잘 정도로 무서운 이야기는 아니었다.

"근데 그게 키요미즈데라는 아니었던 것 같은데…….."

아리사의 의문에 대답한 것은 아야카였다.

"3년 고개는 한국의 민담이야. 하지만 뭐, 무언가를 세 번 하면 저주받는다는 전설은, 키요미즈데라만이 아니라 어디든 있어. 어쩌면…… 근처에 있는 언덕도, 그럴지도 모르지?"

싱글싱글 미소를 지으며 아야카는 아리사에게 말했다.

그러자 아리사는 몸을 부를 떨고 중얼거렸다.

"……앞으로 고갯길은 피할래요."

아무래도 아리사에게 '3년 고개'는 트라우마가 될 정도로 무서운 이야기였나 보다.

'인터넷에 넘치는 '세 번 보면 죽는 그림' 같은 걸 보여 준다면, 어떻게 될까…….'

무척 신경이 쓰였지만 아리사는 정말로 죽어 버릴 것 같으니까 장난으로 보게 하는 것은 그만두기로 했다.

"저주 따윈 실존하는 게 아니잖아요. 실존했다면 타카세가와 가문은 멸망했어요."

치하루는 즐거운 듯 말했다.

그 말을 들은 아리사는 새파래진 얼굴로 유즈루를 올려다봤다.

"……옛날에, 타카세가와 가문은 일족이 모조리 저주를 받은 적이 있어서."

"그, 그건…… 혹시 저도 대상이라든지 그런가요?"

"글쎄…… 그건 저주를 건 사람들이 잘 알지 않을까?"

유즈루는 그러면서 치하루를 봤다.

그러자 치하루는 작게 어깨를 으쓱였다.

"몰라요. 저주는 제가 건 게 아니라 조상님이 한 일이니까요. 뭐, 하지만 이치를 따지자면 대상이 아닐까요."

생글생글 미소를 지으며 치하루는 아리사에게 말했다.

아리사는 불안해하는 표정을 지었다.

"저, 저는…… 죽고 싶지 않다고요? 어, 어떻게든 안 될까요?"

"저한테 그래도…… 저주를 건 본인은 죽었으니까요. 뭐, 하지만 보다시피 유즈루 씨는 팔팔하고, 타카세가와 가문도 번영하고 있으니까 효과는 없는 거예요."

"결국에 저주 같은 건 그저 자기만의 믿음이란 거겠지. 신경을 쓰니까 컨디션이 나빠진 것 같다고 느끼는 거야. 그러니까…… 아리사도 딱히 신경 쓰지 않도록 해."

유즈루와 치하루의 말에 아리사는 조금 안심했는지 안도한 표정을 지었다.

키요미즈데라라고 하면…….

'키요미즈의 무대에서 뛰어내린다'로 유명한 '키요미즈의 무대'가 있다.

그리고 또 하나, 유명한 장소로는…….

"연애점이라…… 맞을까?"

반신반의, 그런 모습으로 텐카가 말했다.

키요미즈데라의 부지 안에 있는 '지슈 신사'는 인연의 신을 모시고 있어서, 그곳에서 뽑는 '연애점'이 유명하다.

"잘 맞는다는 평판……이던데."

휴대전화를 보며 히지리가 대답했다.

그런 히지리를 상대로 치하루는 작게 어깨를 으쓱였다.

저주도 점도 전부, 기분 탓이에요.

그렇게 말하고 싶은 표정이었다.

실제로 입 밖으로 꺼내지 않은 것은 남의 신사이기 때문이리라.

"나랑 아리사의 경우에는 뽑을 것까지도 없겠네."

"이미 연인에, 약혼자인걸요."

유즈루의 말에 아리사는 생글생글 미소를 지으며 대답했다.

그런 두 사람에게 아야카는 씨익 미소를 지었다.

"아니…… 그건 어떨까? 앞으로 두 사람이 어떻게 될지 알 수 있을지도 모른다고?"

"최근에 하찮은 싸움을 하기도 했으니까. 뽑아 보는 편이 좋지 않을까?"

유즈루와 아리사는 무심코 울컥하는 표정을 지었다.

마치 두 사람이 또 싸울 것이다, 그런 뜻이 담긴 표현이었으니까.

하지만 그런 일은 절대로 없을 것이라는 말까지 할 수는 없었다.

"뭐, 연애점은 진지한 점술이라기보다는 신의 조언 같은 것이니까요. 뽑아 봐도 손해 볼 건 없지 않을까요? ……대부분은 무난한 내용이지만요."

치하루의 그런 말에…… 유즈루와 아리사는 얼굴을 마주 보고 끄덕였다.

뽑아 보는 정도는 괜찮겠지, 라고.

이리하여 그들은 각자 연애점을 뽑았다.

그 결과는…….

"오, 길이네……."

"어머, 길……."

살짝 신이 난 목소리를 높인 것은 히지리와 텐카였다.

대길은 아니더라도 나쁘지 않은 결과였다.

"오오, 대길이에요! 이것 참, 역시 평상시의 행실이 좋으니까 말이죠."

한편, 남들보다 한층 더 기뻐하며 목소리를 낸 것은 치하루였다.

점이나 저주 같은 것은 안 믿는다……라는 스탠스인 것 치고는 기뻐 보였다.

좋은 결과였을 때만큼은 믿는 방침인 듯했다.

"반길인가…… 대길이나 대흉이 좋은데……."

"으음, 소길…… 적어도 길 이상, 흉 이하가 아니면 무슨 리액션을 할지 곤란한데."

아야카와 소이치로는 나란히 쓴웃음을 지었다.

두 사람은 이런 것을 그다지 믿지 않는 듯했다.

이야깃거리에 불과할 것이다.

그리고…….

"마, 말길……."

"……저도 말길이에요."

유즈루와 아리사는 얼굴이 굳어졌다.

빈말로도 좋다고는 할 수 없는 결과였다.

흉은 아니니까, 무조건 나쁘다고 할 정도는 아닐지도 모르지만…….

"치하루 씨…… 말길은, 어느 정도인가요?"

걱정스러운 표정으로 아리사는 치하루에게 물었다.

치하루는 아리사의 점괘 결과를 들여다보며 대답했다.

"으─음, 지금은 나쁘지만 나중에 좋아진다는 느낌일까요? 뭐, 나중에 좋아진다면, 얼추 좋다고 해도 되지 않을까요?"

"그, 그런가요……."

치하루의 격려에도 불구하고 아리사는 여전히 침울한 표정이었다.

역시 아리사는 이런 점괘의…… 특히 나쁜 결과에 대해서는 신경을 쓰고 마는 타입일 것이다.

"나쁜 결과는 묶어 두는 편이 낫다던가?"

"그래요. 그보다도 유즈루 씨…… 그런 거 신경 쓰시는군요?"

"어? 어어…… 뭐, 다소나마?"

의외라는 치하루의 물음에 유즈루는 애매한 미소를 지었다.

실제로 타카세가와 가문은 믿는지 안 믿는지는 별개로 치고, 기도 같은 것은 나름대로 중시한다.

"혹시 지금은 나쁘다는 걸 믿는다든지 그런가요?"

"어? 설마⋯⋯."

"그럴 리, 없잖아요."

치하루의 말에 유즈루와 아리사는 황급히 부정했다.

그런 두 사람의 반응에 무언가를 깨달았는지 치하루는 쓴웃음을 지었다.

"이런 건 누구한테나 적당히 들어맞는 걸 적어 놓은 거니까요. 신경 쓰지 않는 게 나아요."

두 사람은 애매한 미소를 지었다.

"기왕이니까⋯⋯ 멤버를 좀 나눌까. ⋯⋯단둘이 있고 싶은 약혼자도 있을 테고."

아야카의 그런 제안으로, 그들은 멤버를 나누어서 행동하기로 했다.

그것은 유즈루와 아리사처럼 '특별히 친한 사람들끼리' 행동하고 싶은 사람들을 배려하는 측면도 있지만⋯⋯.

그 이상으로 일곱 명이 우르르 몰려다니는 것은 조금 갑갑하기도 하고, 주변에 민폐가 된다는 판단 때문이기도 했다.

"그럼 선물이라도 보러 갈까."

유즈루는 그러면서 아리사에게 손을 내밀었다.

아리사는 작게 끄덕이고, 유즈루의 손을 가볍게 잡았다.

"예."

둘이서 손을 잡고 걷기 시작했다.

"역시 무난하게 야츠하시*일까요……. 하지만 어떤 야츠하시가 좋을지……."

야츠하시 상자를 손에 든 채로 아리사는 고개를 갸웃거렸다.

키요미즈데라만이 아니라 야츠하시는 교토 어디서든 팔고 있다.

그리고 다양한 메이커의 상품이 존재한다.

"이건 괜찮지 않나? 다양한 맛이 있는 것 같고."

"아, 괜찮네요. 재미있어 보이니까."

아리사는 고개를 끄덕이더니 유즈루가 보여준 야츠하시 상자를 바구니에 넣었다.

그리고 턱에 손을 댔다.

"유즈루 씨는 뭔가, 결정했나요?"

"친척용으로 야츠하시랑…… 그리고 가족한테는 바움쿠헨을 줄까 해서."

"바움쿠헨인가요?"

아리사는 고개를 갸웃거렸다.

유즈루는 쓴웃음 지으며 끄덕였다.

"동생이 야츠하시는 질렸다고…… 듣자하니 말차 맛 바움쿠헨이 있다고 하면서, 그걸 사오라고 그래서."

"그렇군요. 바움쿠헨…… 아까 어디서 본 것 같은데…… 아! 저거 아닌가요?"

쌀, 설탕, 계피를 반죽하고 쪄서 만드는 과자. 교토의 명물로 유명하다.

"……응, 아마도 이거겠네."

유즈루는 아리사가 찾아준 바움쿠헨 상자를 바구니에 넣었다.

그리고 아리사도 바움쿠헨 상자를 들고는 바구니에 넣었다.

"그것도 살 거야?"

"저랑 동생이 먹으려고요."

아리사는 짓궂게 웃었다.

아무래도 아리사의 눈에도 야츠하시보다 바움쿠헨이 더 매력적으로 보이는 모양이었다.

일단 최소한 챙겨야 할 선물을 모두 구입한 두 사람은, 다른 재미있는 물건을 팔지는 않는지 산책을 시작했다.

그리고 금세 유즈루가 손에 든 물건은…….

"절임, 살 건가요?"

"아니, 살지 어떨지 정하지는 않았지만…… 맛있겠구나 싶어서."

유즈루는 빈말로도 요리를 잘한다고 할 수는 없지만, 밥을 짓는 정도라면 할 수 있다.

거기에 절임과, 삶은 달걀이나 비엔나소시지같이 익히기만 하면 되는 반찬을 더하면…… 최소한의 한 끼 메뉴는 갖추어진다.

"확실히 맛있을 것 같네요. 사도 곤란할 건 없을 테니까 저도…… 아―, 하지만 종류가 다양하네요."

통틀어서 절임이라고 해도 다양한 종류가 있었다.

사용된 채소도 다르고, 절이는 방식도 다르다.

어느 것을 고르면 좋을지 고민되는 참이었다.

하지만 다행히도 일부 절임은 시식이 가능했다.

"응…… 이 가지절임, 나쁘지 않네. ……어때?"

유즈루는 가지절임을 하나, 입으로 옮겼다.

그리고 다른 이쑤시개로 가지절임을 하나 더 집어서 아리사의 입으로 옮겼다.

아리사는 그것을 덥석 입에 넣었다.

"응…… 확실히 맛있네요. 하지만 기왕이면 조금 특이한 걸 사고 싶지 않나요? 이거라든지……."

"으음……."

유즈루의 입 안으로 절임이 들어왔다.

이를 세워서 씹었더니 사각한 식감이었다.

이어서 신기한 끈기와, 유자의 풍미가 느껴졌다.

"이건…… 참마?"

"예. 유자 껍질과 같이 절였나 봐요. 그 밖에도 다양한 맛이 있는 것 같은데……."

"호오…… 맛이 다양하구나."

기왕 시식할 수 있으니까 조금 더 이것저것 맛을 보자.

그렇게 생각한 두 사람은 서로에게 절임을 먹여 주며 이건 괜찮다, 저쪽에 있는 게 괜찮다, 저건 괜찮지 않을까, 대화를 나누었다.

고민한 끝에, 최종적으로 각자 마음에 드는 것을 두 종류——평범한 절임과 조금 특이한 절임——를 구입했다.

"……아리사. 선물, 들어 줄까?"

유즈루는 아리사에게 물었다.

절임에 야츠하시, 바움쿠헨…….

나름대로 상당한 짐이었다.

유즈루의 제안에 아리사는 조금 고민하는 기색을 내비쳤다.

"으, 으—음……."

"……딱히 사양할 것 없는데."

"……그럼, 저기."

유즈루의 말에 아리사는 끄덕이더니…….

하얀 손을 유즈루의 손에 가볍게 댔다.

"짐보다도…… 제 손을 잡아줘요."

아리사는 뺨을 붉히고 유즈루를 올려다보며 말했다.

이 행동에 유즈루는 조금 놀랐지만 미소를 짓고 크게 끄덕였다.

"응, 알았어."

아리사의 손을 힘껏 붙잡았다.

그리고 씨익 미소를 지었다.

"……넘어지면 3년밖에 못 사니까 말이야."

"아…… 너, 너무해요! 잊고 있었는데!"

어째서 떠오르게 만드는 건가요!

아리사는 눈썹을 추어올려 화난 표정을 지었다.

"미안, 미안."

"……유즈루 씨, 최악이에요. 싫어요."

"……그럼 안 잡아도 돼?"

"……그건 안 돼요."

유즈루의 물음에 아리사는 얼굴을 홱 피하면서도…… 유즈루의 손을 꼭 붙잡고 팔을 감았다.

두 사람은 그대로 집합 장소까지 걷기 시작했다.

"……유즈루 씨."

도중에 갑자기 이름을 불러서 유즈루는 옆을 봤다.

아리사는 유즈루의 얼굴을 가만히 올려다보고 있었다.

"그게…… 하나, 물어봐도 될까요?"

"무슨 일이야? 뭔가 신경 쓰이는 거라도?"

"……그러네요. 조금 걸리는 게 있어서요."

유즈루가 묻자 아리사는 잠시 침묵한 뒤, 입을 열었다.

"유즈루 씨는…… 뭔가, 그게, 현 상황에 불안이라든지, 느끼고 있나요?"

"불안? ……저기, 아리사와의 관계에서?"

"아, 아뇨…… 뭐, 그게, 전반적으로, 말인데요."

전반적으로.

그렇게 말은 하지만, 아리사와의 관계에 대해서 묻는 것은 틀림없었다.

유즈루는 잠시 생각하고는 대답했다.

"뭐, 특별히 없을까."

아리사와는 확실히 조금 가치관이 다르다고 느낀 적은 있다.

취향이 다르다고 느낀 적도 있다.

실제로 구입한 절임의 종류가 다르기도 했다.

하지만…… 그저 그 정도다.

예를 들면…… 유즈루와 아리사의 관계가 정략결혼인가, 연애결혼인가.

그런 부분에 대한 인식에서도 살짝 차이는 있지만, 그러나 심각한 일은 아니다.

심각한 일은 아닐…… 터다.

적어도 유즈루는 그렇게 인식하고 있었다.

"……그런가요."

"저기…… 혹시 점괘가 신경 쓰여?"

유즈루가 그렇게 묻자 아리사는 쓴웃음 지었다.

"어, 어어…… 뭐…… 그게, 마음에 걸려서…… 잘 맞는다는 평판이라고, 그러니까요."

"……치하루도 그랬지만, 너무 신경 쓰지 않는 게 좋아. 뭐, 짚이는 점이 있고 적절하다 싶은 게 있다면, 따르는 편이 나을지도 모르겠지만."

거슬리지 않는 이야기밖에 안 적혀 있지만, 그러나 반대로 말하면 적혀 있는 조언도 무난한 내용이다.

개선하는 편이 낫다고 생각되는 부분이 있다면 그러는

편이 나을 것이다.

아마도 점괘는 그런 것이라고 유즈루는 인식했다.

"······그렇, 군요."

아리사는 작은 목소리로 수긍했다.

※

"아니, 그건 그렇고 새삼스럽지만······ 늦지 않아서 다행이야."

"······정말로 아슬아슬했죠."

유즈루의 말에 아리사는 절절한 표정으로 대답했다.

현재 두 사람이 있는 곳은 호텔의 남자 방이었다.

마침 호텔로 돌아와서 저녁을 먹고, 샤워를 하고······ 유즈루와 소이치로, 히지리의 방으로 집합한 참이었다.

"역시 예정 외의 일을 하는 건 그다지 좋지 않네······ 내일 예정도 지금 다시 짤까?"

"내일 일은 내일 생각하면 되잖아. 수학여행은 그런 즉흥적인 것도 중요하다고."

텐카와 아아캬 역시도 저마다 그렇게 말했다.

두 사람이 말하는 '예정 외의 일'이란 키요미즈데라에 들른 것이다.

키요미즈데라에서 호텔까지의 여정은 일행이 상정했던 것보다도 시간이 걸려서······.

마치 야구에서 슬라이딩으로 출루하듯이 체크인을 하게 된 것이었다.

교사에게는 '조금 더 여유를 가지고 행동하도록······' 하고 가벼운 질타의 말을 듣게 되었다.

"자자, 지나간 일을 신경 써봐야 별수 없어요. 그보다도 지금을 즐기죠."

치하루는 그렇게 말하면서······.

가방을 열고 뒤집었다.

안에서 대량의 과자나 게임 따위가 튀어나왔다.

"치하루 씨····· 아무리 그래도 그 양은······."

전부 못 먹겠죠.

그리 말하고 싶은 듯 아리사는 쓴웃음 지었다.

한편 치하루는 만면의 미소로 그에 답했다.

"밤은 아직 세 번이나 더 있으니까 이 정도는 보통이에요. 그러는 아리사 씨는 제대로 가져왔나요?"

"그러네요. 가져왔다기보다는 사온 거지만요······."

아리사가 그러면서 꺼낸 것은······.

"호오····· 절임, 인가요."

"맛있어 보이기도 했고. 과자만 먹으면 질리지 않을까 해서요. ·····과자 쪽이 나았을까요?"

키요미즈데라에서 구입한 절임이었다.

선물용과는 별도로, 오늘 밤에 먹으려 구입한 것이었다.

사전에 '호텔에서는 다 같이 모여서 간식을 먹으며 게임을 한다'라고 들은 아리사는, 그 '간식'의 범주로 절임을 선택한 것이었다.

"괜찮지 않나요? 전 좋아요!"

아리사의 선택에 치하루는 생글생글 기분 좋은 듯 미소를 지었다.

한편 히지리는 굳은 표정을 지었다.

"그런가, 절임인가……."

"……별로인가요?"

"아니, 그런 방법이 있었나 해서. 나도 그걸로 할 걸 그랬어. ……무난한 것만 사왔거든."

그러면서 히지리가 꺼낸 것은 야츠하시였다.

그러자 텐카는 으걱 하는 표정을 지었다.

"……히지리 군도 야츠하시?!"

"……너도냐."

"뭐, 뭐 그렇지……."

텐카도 야츠하시를 샀나 보다.

두 사람은 나란히 '우리 말고도 야츠하시 사온 사람 있어?'라는 표정으로 주위를 둘러봤다.

……다행히도 두 사람 말고 야츠하시를 사온 사람은 없었다.

두 사람은 안도한 표정을 지었다.

"이것 참, 잘 어울리네……."

싱글싱글 아야카는 미소를 지으며 두 사람을 놀렸다.

두 사람은 기분 나쁘다는 듯 고개를 돌렸다.

"뭐, 이쪽은 본가이고 이쪽은 원조니까, 괜찮지 않나? 솔직히 신경 쓰였어. 비교해 보자."

유즈루는 웃으며 말했다.

같은 '야츠하시'라고는 해도, 메이커가 달랐다.

"간식은 됐다 치고, 일단 어떻게 놀래? ……난 마작을 해보고 싶은데."

소이치로가 그러면서 치하루가 가져온 마작 카드를 손에 들었다.

통상적인 마작은 패를 사용하지만, 이건 패를 종이로 대체한 것이었다.

"마작이라. 괜찮지 않나?"

"기왕이니까 간식을 걸고 할까요?"

아야카와 치하루는 의욕적인 모습이었다.

하지만…….

"미안해요. 저, 마작 규칙, 몰라요."

"……나도 몰라."

아리사와 텐카는 미안하다는 표정으로 말했다.

이래서야 소이치로도 '이런……' 하는 표정을 지었다.

다들 당연히 안다고 생각했나 보다.

"그럼 그만두자. ……늑대인간 게임*이라든지, 어때? 앱을 받으면 간단히 할 수 있어."

히지리는 휴대전화 화면을 보여주며 말했다.

───

일본에서 가장 대중적인 마피아 게임.

늑대인간 게임이라면 규칙을 안다고, 아리사와 텐카는 저마다 끄덕였다.

이리하여 기나긴 밤이 시작되었다.

"……유즈루 씨, 정말로 거짓말하는 거 아니죠?"

"마, 마을 사람이라고, 했잖아."

"정말인가요? 제 눈을 똑바로 보고 말해 봐요."

빠―안, 아리사는 유즈루의 눈을 바라보며 말했다.

제아무리 유즈루라도 그만 눈을 피하고 말았다.

"아! 역시 눈을 피했어요!! 이 사람, 늑대인간이에요!!"

"아니야, 누명이야!"

"그럼 어째서 눈을 피했나요?"

"그건…… 네 눈동자가 너무 눈부셔서."

"……정말로 그렇게 생각하나요?"

"아, 아리사. 그, 그렇게 바라보지 마……. 뭐야, 이거, 반칙 아냐?"

유즈루는 아리사의 규칙 위반을 호소했지만…….

다른 사람들은 폭소를 터뜨릴 뿐, 유즈루에게 동의하지는 않았다.

결과적으로 유즈루는 그 게임에서는 투표로 살해당하고 말았다.

"봐요, 역시 늑대인간이었잖아요."

아리사는 득의양양한 표정이었다.

무척 귀여웠다……만, 그건 그것대로 화가 났다.

그리고 복수의 기회는 금세 찾아왔다.

"……저기, 아리사. 정말이야? 정말로 늑대인간 아냐?"

유즈루는 아리사의 이마에 자신의 이마를 갖다 붙이며 물었다.

한편 아리사는 얼굴을 새빨갛게 물들이고 있었다.

"아, 아니라고 그러잖아요……."

그리고 부끄러운 듯 도망치려 했다.

하지만 유즈루에게 단단히 턱을 붙잡힌 탓에 도망칠 수 없었다.

"내 눈을 봐, 아리사."

"그, 그만해요……. 부, 부끄러워……."

"안 돼. 너도 아까, 했잖아. 자, 내 눈을 보면서 늑대인간이 아니라고 해봐."

유즈루의 말에 아리사는 비취색 눈동자를 향하고…….

떨리는 목소리로나마 확실하게 대답했다.

"느, 늑대인간이…… 아, 아니에요."

"……정말로?"

"의, 의심하는 건가요? 저, 저를…….."

유감이에요! 아리사는 슬픈 표정을 지었다.

하지만 유즈루의 추궁은 계속되었다.

"그래. 아리사는 거짓말을 할 때, 입가가 살짝 실룩거리니까."

"무, 무슨…… 거짓말이에요."

아리사는 그러면서 입가를 막았다.

유즈루는 무심코 미소를 지었다.

"바보를 찾았네."

"앗…… 아, 아니에요. 지, 지금 그건……."

변명도 허무하게, 모두가 아리사에게 투표했다.

이리하여 아리사는 처형당했다.

"너, 너무해요…… 유즈루 씨!"

"아니, 너도 똑같이 했잖아."

게임이 끝난 뒤, 유즈루와 아리사는 서로 말다툼을 시작했다.

그런 두 사람의 모습에, 다른 이들은 손뼉을 치며 폭소했다.

"자자, 둘 다 진정하고."

"표정을 살피는 건 전술로서는 괜찮지만…… 몇 번이고 반복하는 건 진부하니까 다음번부터는 반칙으로 할까요."

아야카와 치하루는 웃으며 중재했다.

두 사람의 말에 유즈루는 일단 수긍하고 창끝을 거두었지만…….

"안 돼요. 게임이라고는 해도, 유즈루 씨가 제게 거짓말을 하는 건 좋지 않아요…… 유즈루 씨가 저를 신용하지 않는 것도 안 돼요……."

"미안하다니까. ……다음부터는 서로, 이런 건 없는 걸로 하자고?"

울컥한 표정으로 아리사는 유즈루의 가슴을 투닥투닥
때렸다.

유즈루는 그런 아리사의 머리를 쓰다듬으며 가라앉히려
고 했다.

"아, 안 돼요…… 상처받았어요. 용서 못 해요."

아리사는 그러면서 입술을 삐죽였다.

아무래도 진심으로 화가 나지는 않았나 보다.

하지만 동시에 좀 성가신 모드로 들어간 것 같기도 했다.

"으—음…… 어떻게 하면 용서해 줄래?"

"음…… 키스해 줘요."

"……어어."

유즈루는 저도 모르게 곤혹스럽다는 목소리를 높였다.

한편 아리사는 유즈루의 가슴에 몸을 기대며 병아리처
럼 고개를 들었다.

완전히 입맞춤을 조르는 자세에 들어갔다.

"아, 아니, 하지만 여기서는……."

아무리 유즈루라도 친구들의 눈앞에서 아리사와 입맞춤
을 하는 것은…… 부끄럽다.

도움을 청하려고 유즈루는 주변 멤버들의 얼굴을 둘러
봤다.

그러자…….

"……뭔가 아리사, 살짝, 얼굴이 빨갛지 않아?"

"음, 확실히……."

틈을 노려 유즈루의 입술에 입을 맞추려고 하는 아리사의 이마에 손을 대고, 유즈루는 미간을 찌푸렸다.

체온도 평소보다 높은 듯 느껴졌다.

"저기…… 그다지 생각하고 싶지는 않은 건데요……."

치하루는 쓴웃음 지으며……

"아리사 씨, 취한 거 아닌가요?"

알코올이 든 초콜릿을 가리키며 그렇게 말했다.

※

"아, 아리사…… 일단, 밖으로 나갈까."

"응…… 나가면 키스해 주나요?"

"응, 해줄게. 자, 밖으로 나가자."

유즈루는 아리사를 억지로 일으켜 세웠다.

한편 아리사는 조금 휘청거리며 일어서더니…… 팔짝, 유즈루의 얼굴을 노리고 뛰어올랐다.

"빈틈, 이에요!"

"아, 아리사, 그, 그만해. 제대로 해줄 테니까……."

유즈루는 어떻게든 아리사의 입맞춤을 피하고 억지로 어깨를 붙들었다.

아리사는 불만스러운 표정이었다.

"언제 해줄 건가요."

"밖으로 나가면 해줄게."

"밖이라니 어딘가요."

"일단 발코니로 나가자. 바깥 공기를 좀 마시자."

"응...... 지금 안 해주면, 싫어요."

"그, 그런 말을 해도......."

유즈루는 도움을 청하고자 다른 친구들의 얼굴을 봤다.

하지만 그들에게는 어디까지나 남 일이라.......

"아리사는 술, 약하구나.......'

"보기에는 강할 것 같은데 말이죠."

"나도, 보드카 정도는 벌컥벌컥 마실 거라 생각했어."

아야카와 치하루, 텐카는 제멋대로 떠들어 댔다.

한편 소이치로와 히지리는...... 등을 돌리고 있었다.

우리는 안 보니까.

마음대로 키스해 줘도 된다고.

마치 그리 말하는 것 같았다.

"꼭 밖으로 나가고 싶은 건가요?"

어쩔 수 없다는 듯 아리사는 말을 꺼냈다.

아무래도 밖으로 나가 줄 생각이 들었나 보다.

유즈루는 황급히 받아들였다.

"응! 나가고 싶어!! ......어떻게 하면 될까?"

"공주님 안기, 해줘요."

"그 정도라면!"

유즈루는 아리사를 안아 들었다.

아리사는 만족스러운 표정을 짓고, 다른 아이들은 감탄을 터뜨렸다.

"이, 일단…… 밖에 나갔다 올게. ……아야카, 창문, 열어 주지 않을래?"

"예예. 다녀오세요―."

아야카는 그러더니 발코니 창문을 열어 주었다.

유즈루가 아리사를 안은 채 밖으로 나가자 안에서 창문을 탁 닫고, 커튼을 쳐주었다.

이것으로 유즈루와 아리사가 발코니에서 무엇을 하더라도 안쪽에서는 보이지 않는다.

"일단…… 자, 아리사. 앉아서…… 으음."

유즈루가 아리사를 앉히려고 하자…….

아리사는 유즈루의 머리를 양손으로 끌어안고 입술을 덮었다.

아리사의 혀가 유즈루의 입 안으로 들어왔다.

유즈루는 그만 눈을 희번덕거렸다.

잠시 아리사에게 그대로 몸을 맡기고…… 체감상 1분이 지났다.

아리사는 그것으로 만족했는지 유즈루를 풀어 주었다.

"하아…… 아, 아리사. 만족했어?"

유즈루는 입가를 손으로 훔치며 아리사에게 물었다.

아리사는 고개를 가로저었다.

"아뇨…… 아직이에요."

"……어떻게 하면 될까?"

"일단, 앉아요."

시키는 대로 유즈루는 아리사 맞은편 의자에 앉았다.

그러자 아리사는 일어서서…….

"에헤헤."

귀엽게 웃으며 유즈루의 무릎 위에, 마주 보는 자세로 앉았다.

그대로 유즈루의 머리를 끌어안고…… 자신의 가슴에 꽉 댔다.

부드러운 감촉이 전해졌다.

"유즈루 씨, 제 여기…… 좋아하죠?"

"으, 응…… 좋아하는데……."

곤혹스러워하며 유즈루가 대답하자 아리사는 만족스럽게 끄덕였다.

"유즈루 씨는 저를 좋아하니까 약혼해 준 거죠?"

"물론이야. 좋아하지 않는 사람이랑 약혼 같은 거 하고 싶지 않아."

아리사의 물음에 유즈루는 고개를 갸웃거리면서도 수긍했다.

아리사는 유즈루에게 더더욱 질문을 던졌다.

"절 사랑하니까 결혼해 주는 거죠?"

"당연하잖아. 사랑하지 않는 사람이랑 결혼 같은 거 하고 싶지 않아.”

뭘 새삼스럽게…….

그렇게 생각하면서도 유즈루는 끄덕였다.

'취해서 이러는 걸까……?'

유즈루는 내심 쓴웃음 지었지만…….

“정략결혼이 아니죠?”

아리사의 다음 물음에 유즈루의 심장이 두근 뛰었다.

'……그때 이야기, 신경 쓰고 있었나.'

유즈루에게 아리사와의 약혼은 연애의 결과다.

하지만 그것은 정략결혼이기도 하다는 사실을 부정할 수는 없다.

“……유즈루 씨?”

불안한 듯 아리사는 유즈루의 이름을 불렀다.

여기서 아리사를 안심시키기 위해 '그래. 정략결혼이 아니야'라고 대답하는 것은 간단하다.

하지만 그것은 그저 얼버무리는 것뿐이다.

게다가…… 즉답하지 못한 시점에서 설득력이 없다.

그렇다면…… 유즈루의 솔직한 마음을 밝힐 수밖에 없을 것이다.

“……나는 타카세가와 가문의 후계자야. 그러니까 타카세가와 가문을 이어받을 사명이 있고, 걸맞은 상대와 결혼해서 세대를 이을 의무가 있어.”

그것은 타카세가와 유즈루라는 인간이 태어난 의의이

자, 목적이다.

그저 타카세가와 가문의 장남으로 태어났다는 이유만으로 재력과 정치력을 부모로부터 상속받는 조건이자, 대가이다.

그것에서 도망칠 수 없다. 아니다, 도망쳐서는 안 된다.

그리고 도망칠 생각도 없다.

그렇기에…….

"나는…… 너라는 사람과 만나서, 약혼할 수 있어서, 함께 인생을 걸어갈 수 있다는 사실에…… 진심으로 안도하고, 행복하다고 생각해. 네가 약혼자라서 정말 좋아."

유즈루는 최종적으로는 누군가와 결혼해야만 한다.

그러니까 사랑하는 사람이 아니라면 결혼하지 않겠다는 선택지는, 처음부터 존재하지 않는다.

좋아하는 사람, 사랑하는 사람이 아니라면 싫다는 마음은 있지만, 그것은 어디까지나 마음뿐이다.

"너라는, 진심으로 좋은, 사랑할 수 있는 사람과 만날 수 있었다는 건 내게 인생 최대의 행운이야. 그리고 너와 결혼할 수 있는 입장으로…… 타카세가와 가문의 인간으로 태어나서 다행이라고 생각해."

정략결혼 상대가 아리사라서 다행이다.

그리고 아리사와 정략결혼을 할 수 있는 입장이라 다행이다.

그것이 유즈루의 본심이다.

"······이걸로는 안 될까?"

"······."

잠깐의 침묵 후······.

아리사는 속삭였다.

"그런, 건가요. 그렇군요······."

이내 크게 끄덕이고······.

"당신이라는 사랑하는 사람을, 행복하게 해줄 수 있어서, 저도 진심으로 행운이라고 생각해요."

만면에 미소를 띄우며 대답했다.

※

그것은 다음 날 아침, 버스로 이동하는 도중······.

"어젯밤의 아리사 씨, 굉장했죠."

"······어젯밤, 이라고요?"

생글생글 미소를 짓는 치하루를 상대로 아리사는 고개를 갸웃거렸다.

그리고 잠시 생각한 뒤······ 대답했다.

"무슨 이야긴가요?"

"어머, 기억 안 나?"

텐카는 의외라는 목소리를 높였다.

아리사는 크게 끄덕였다.

"······예. 늑대인간 게임을 하던 건 기억하지만, 그 후의 기억은······."

"아리사, 초콜릿으로 취해 버렸어."

아야카는 씨익 미소를 지었다.

아리사는 눈을 크게 떴다.

"호오······ 그랬군요. 그래서······ 도중에 잠들어 버린 걸까요? 정신이 들었더니 침대 안에 있었으니까······."

"뭐, 확실히 도중에 잠들어 버렸지만······."

"그때까지가 굉장했어요."

'그렇지─'라며, 아야카와 치하루는 얼굴을 마주 보고 웃었다.

그런 두 사람을 보고 아리사는 무심코 미간을 찌푸렸다.

"기억 안 난다니까, 괜찮겠지. 이제 그 이야기는······."

"아니, 하지만 아깝잖아."

"그만큼 뜨거운 고백을 기억하지 못한다는 건 말이지."

소이치로와 히지리는 히죽히죽 미소를 지었다.

유즈루는 무심코 뺨을 붉히고 얼굴을 돌렸다.

어젯밤.

유즈루의 대답을 들은 아리사는 안심했는지, 취해서 졸렸는지, 애당초 피곤해서 그랬는지 잠들어버렸다.

유즈루는 그런 그녀를 여자쪽 방까지 옮기고 침대에 눕혔다.

······거기까지는 문제없었다.

하지만 그 후, 남자 방으로 돌아온 뒤에 다른 아이들에게 잔뜩 놀림을 당하는 꼴이 되었다.

무슨 악취미인지 그들은 몰래 귀를 기울이고 있었던 것이다.

"으—음, 유즈루 씨가…… 저한테 뭔가, 이야기한 게 있나요?"

아리사는 어리둥절해서 고개를 갸웃거리며 물었다.

유즈루는 고개를 크게 가로저었다.

"아니, 특별한 이야기는 안 했어. 신경 쓰지 마."

유즈루에게는 본심이었지만, 동시에 부끄러운 내용이기도 했다.

잊어버렸다면 그것으로 충분하다고 유즈루는 생각했다.

"내 귀에는 특별한 이야기처럼 들렸는데……. 나름대로 중요한 이야기였잖아? 다시 한번, 제대로 전하는 편이 낫지 않겠어?"

씨익 텐카는 미소를 지으며 말했다.

놀릴 생각이라는 것은 여실했지만…… 동시에 정론이기는 했다.

아리사가 유즈루와의 가치관 차이를 불안하게 생각하던 것은 틀림없다.

혹시 유즈루의 대답을 잊어버렸다면, 다시금 전해야만 한다.

"그건 맞겠지만…… 그게, 말하는 방식이라는 게, 있으니까. ……아리사가 잊었다면 다시금 전해야지. 물론, 너희가 없는 곳에서."

여기서 이야기할 생각은 없다.

유즈루는 그렇게 단언했다.

유즈루의 대답에 텐카는 '흐—응' 하고 시시하다는 표정을 지었다.

그리고 다시 아리사를 돌아봤다.

"아리사 씨는 기억 안 나?"

"기억이 안 나느냐고 해도, 무슨 이야긴지……."

"예를 들면, 타카세가와 군한테 네가 무슨 말을 했느냐, 라든지."

"……잘 기억 안 나요. 저, 이상한 이야길 했나요?"

"지금 웃었지. 제대로 얼버무렸다고 생각한 거잖아?"

텐카의 지적에 아리사는 반사적으로 자신의 입가를 가렸다.

그리고 가린 뒤, 퍼뜩 놀란 표정을 지었다.

"무, 무슨 이야긴지……."

"바보를 찾았네."

"그만해요! 키스를 조른 기억 같은 거, 없어요!"

아리사는 단호하게 기억에 없다, 전혀 짚이는 것이 없다고 부정했다.

하지만…… 아리사를 제외한 모두는 다들 어이없다는 표정이었다.

"……뭔가요?"

"……아리사. 아무도 네가 키스를 졸랐다는 이야기, 한 마디도 안 했어."

유즈루는 쓴웃음 지으며 지적해 주었다.

아리사의 얼굴이 점점 붉게 물들었다.

"아하~ 사실은 기억하는구나?"

"잊어버린 척을 해서 없었던 일로 만들려고 하다니…… 깜찍하네요."

그 순간, 아야카와 치하루는 아리사를 놀리기 시작했다.

두 사람이 놀리자 아리사는 부끄러운 듯 몸을 움츠렸다.

"그, 그만, 해요. 그때는, 어떻게 된 거예요……."

아리사는 부끄럽다는 목소리로 변명했다.

한편 소이치로와 히지리는 유쾌하게 웃었다.

"잘됐네, 유즈루. 아리사 씨는 제대로 기억하고 있나 봐."

"그런 고백, 잊어버리는 건 너무나도 슬프니까. 잘됐네, 잘됐어."

"너희는……."

유즈루는 무심코 한숨을 내쉬었지만, 살짝 미소지었다.

부끄럽다는 기분도 있지만, 동시에 아리사가 기억하고 있다는 사실에 안도했다.

……기껏 부끄러운 심정을 죽이고 진심을 털어놓았는데 도 그것을 잊어버리는 건, 그건 그것대로 슬픈 일이니까.

"기억하고 있어서 다행이야. 틀림없이 아리사에게, 까맣게 잊어버릴 정도의 일인 건가 하고 생각했어."

개운해진 유즈루는 자신에게 날아드는 창끝을 피하고자 아리사를 놀리는 쪽으로 돌아서기로 했다.

　그러자 아리사는 비취색 눈동자로 유즈루를 노려봤다.

　"유, 유즈루 씨까지…… 정말, 싫어요."

　그러면서 고개를 돌리는 아리사에게 유즈루는 물었다.

　"세상에……. 키스하면, 용서해 줄래?"

　"그, 그만해요!"

　아리사는 얼굴을 새빨갛게 물들이며 외쳤다.

수학여행을 마치고…… 어느 날.

유즈루와 아리사는 둘이서 병원에 와 있었다.

"저, 정말로…… 정말로 안 아픈가요?"

"괜찮아. 여기 의사선생님은 잘 하니까."

"……미, 믿으니까요?"

그렇다, 두 사람은 주사…… 독감 예방접종을 받으러 온 것이다.

다만 유즈루는 이미 맞았으니까, 이번에 맞는 것은 아리사뿐이었다.

유즈루는 아리사의 보호자였다.

"그렇게 무서워할 것 없어. 다들 맞는 거니까."

"그, 그런가요……? 그렇다면……."

그때였다.

"으아아아아아아앙!!"

터무니없는 울음소리가 진료실에서 울려 퍼졌다.

아리사는 작게 비명을 터뜨리고 유즈루에게 안겨 들었다.

그리고 공포로 굳은 채 진료실 문을 빤히 바라봤다.

……잠시 후, 엉엉 우는 어린아이와 어머니로 보이는 여

성이 나왔다.

"여, 역시! 아픈 거잖아요! 유, 유즈루 씨…… 저, 절 속인 거죠?"

너무해! 믿었는데!

아리사는 그런 표정으로 유즈루를 봤다.

유즈루는 무심코 한숨을 내쉬었다.

"저 아이는 유치원생이고…… 넌 고등학생이잖아?"

"그, 그러니까…… 뭐가 어쨌다는 건가요."

"아이들은 작은 일로…… 넘어진 것 정도로도 울잖아. 하지만 너는 그렇지 않지? 넘어진 것 정도로 울진 않잖아?"

"그, 그건…… 그렇, 지만……."

딱히 엄청 아프지는 않다.

저 아이는 유치원생이니까, 과장스럽게 반응하는 것뿐이다.

유즈루는 아리사를 그렇게 달랬다.

"자, 저 아이…… 초등학생 같은데, 안 울잖아?"

"……그러네요."

"초등학생도 괜찮아. 너는 고등학생이잖아? 틀림없이 괜찮아."

"그, 그렇겠죠?!"

유즈루의 격려에 자신감이 샘솟았나 보다.

아리사의 표정이 살짝 밝아졌다.

하지만…….

"유키시로 씨. 유키시로 아리사 씨."

"히익⋯⋯."

아리사의 표정이 또다시 어두워졌다.

"유, 유즈루 씨⋯⋯."

"응, 괜찮아. ⋯⋯같이 갈 테니까."

유즈루는 아리사를 격려하며 진료실로 들어갔다.

그렇게 처음에는 '왜 관계없는 남자가 같이 들어오지?' 라는 표정을 짓던 의사와 간호사였지만⋯⋯.

긴장해서 부들부들 떠는 아리사를 보고, 여러모로 이해한 듯했다.

다행히 쫓겨나지 않고, 유즈루는 아리사 곁에 있는 걸 허락받았다.

"무, 무서워⋯⋯ 무서워요, 유즈루 씨⋯⋯."

"응, 괜찮아. 자, 곁에 있으니까⋯⋯."

공포로 떨리는 아리사의 손을 유즈루는 살며시 붙잡았다.

유즈루의 손에서 전해지는 온기에 안심했는지 아리사의 몸에 들어가 있던 힘이 빠졌지만⋯⋯.

"예, 유키시로 씨. 가만히 계세요⋯⋯."

"꺄!"

간호사에게 팔을 붙잡혀서 아리사는 비명을 질렀다.

또다시 팔에 힘이 들어갔다.

"아, 아직⋯⋯ 아직인가요!!"

눈을 꽉 감는 아리사.

간호사는 그런 아리사의 팔에 소독액을 발랐다.

"으윽……."

아리사는 작은 비명을 흘렸다.

그리고 유즈루에게 물었다.

"끄, 끝났나요……?"

"진정해, 아리사. 지금 그건 그냥 소독이야."

"세, 세상에……."

부들부들 몸을 떠는 아리사.

어이없다는 표정의 간호사.

유즈루는 무척 부끄럽다는 기분으로…… 무심결에 간호사에게 가볍게 머리를 숙이고 말았다.

"조금 따끔해요……."

마침내 아리사의 팔로 주사바늘이 다가왔다.

"웃……."

하얀 피부에 바늘이 박혔다.

"자, 셋, 둘, 하나……."

아리사의 표정이 살짝 일그러졌다.

"큭……."

바늘이 빠졌다.

그 순간, 아리사의 표정이 굳어졌다.

그리고…….

"예, 끝이에요! 잘 누르고 계세요."

"허억, 허억······."

아리사는 눈을 뜨고 안도한 표정을 지었다.

그리고 살짝 눈물을 글썽이면서······ 유즈루를 보고 말했다.

"해, 해냈어요! 유, 유즈루 씨! 저, 저, 해냈어요!"

"으, 응······ 잘됐네."

유즈루는 무척 부끄러웠다.

"후우······ 이것으로 저도 한 단계, 어른에 가까워졌다는 걸까요."

"어어ㅡ, 응, 뭐, 그런 게 아닐까."

유즈루의 방으로 돌아온 뒤.

득의양양한 표정인 아리사를 보고 유즈루는 애매한 미소를 지었다.

······그냥 주사잖아.

그렇게 말하지는 않았다.

유즈루에게는 작은 일이라도 아리사에게는 무척 큰 한 걸음이었으니까.

아마도, 틀림없이, 그럴 것이다.

"······하지만 유즈루 씨. 거짓말했죠?"

"······어?"

"······아팠어요."

아리사는 불만스럽다는 표정을 지었다.

아무래도 속았다고 느낀 듯했다.

"아니, 아프지 않은 편이라고 생각하는데…… 너도 참았잖아?"

"참기는 했지만…… 분명히 아팠다고요."

"그야…… 주사니까, 조금 아프다는 정도는 느끼겠지."

몸에 바늘을 꽂는 일이니까 아예 통증이 없을 수는 없다.

"하지만…… 아팠다고요!"

"……응, 알았어. 내가 잘못했어."

"……건성이네요."

"아, 아니, 그게…….."

아무리 유즈루라도 주사 정도로 토라지거나 무서워하는 아리사의 기분에 공감할 수는 없었다.

없지만…….

"응, 그래도, 장하네, 아리사."

"……정말로 그렇게 생각하나요?"

"응. ……고마워, 아리사. 나한테 맞춰줘서."

이해할 수는 있었다.

그리고 또한 아리사가 공포를 억누르고 유즈루에게 맞추어서 주사를 맞겠다는 결심을 해준 것은 기쁜 일이었다.

"따, 딱히…… 유즈루 씨를 위해서 한 일이 아니에요. 저 스스로가…… 고등학생이나 되어서 주사를 무서워하는 건 부끄럽다고, 생각했을 뿐이에요."

아리사는 뺨을 붉히면서도…… 고개를 홱 돌렸다.

그리고 유즈루에게 물었다.

"그게, 유즈루 씨."

"……포상을 원해?"

"……예."

작게 끄덕이는 아리사를…….

유즈루는 살며시 끌어안았다.

그리고…….

"응……."

아리사의 바람대로, 깊고 깊은 입맞춤을 나누었다.

맞선 보고 싶지 않아서
억지스러운 조건을 달았더니
동급생이 온 일에 대해서

할로윈에 '고양이' 코스프레를 하는 아리사

할로윈 당일.

아리사를 화나게 한 유즈루는 사과하면서도…… 꼭 아리사가 입어 주기를 바라던 옷을 꺼냈다.

"……사실은 고양이 귀를 준비했는데."

꺼낸 것은 고양이 귀 머리띠였다.

작년의 고양이 귀가 귀여웠으니까, 올해도 입어 줬으면 한 것이었다.

잘 풀리면 사진으로 남기자는 생각도 있었다.

시작부터 아리사를 화나게 만들어 버렸으니 이건 어려울까, 유즈루는 생각했지만…….

간단히 용서해 줬으니까, 이 흐름이라면 괜찮을까 싶었던 것이다.

그리고 아리사의 반응은…….

"……유즈루 씨는 제가 고양이 귀를 써 줬으면 하는 건가요?"

조금 놀란 표정을 짓고 있었다.

하지만 싫지는 않은 듯했다. 오히려 기뻐 보였다.

"……가능하다면, 다시 한번 보고 싶어서. ……안 될까?"

"……그러네요."

아리사는 잠시 생각을 한 뒤…… 대답했다.

"……일단, 그 고양이 귀는 됐어요."

아리사의 대답은 부정이었다. 유즈루는 무심코 어깨를 떨어뜨렸다.

"그, 그래……?"

유즈루는 의기소침해졌다.

최근의 아리사는 의외로 잘 받아 주니까 입어 주지 않으려나 생각했는데…… 아무래도 안 되나 보다.

그렇게 생각했더니…….

"저는 저대로 가장을 가져왔으니까요."

"어?"

"그러니까…… 옷 갈아입고 올게요."

아리사는 그러더니 종이봉투를 들고 탈의실로 향했다.

그리고 문을 닫았다가, 살짝만 열고 얼굴을 내밀었다.

"엿보면 안 되니까요?"

"어, 어어……."

평소의 루틴을 마치고, 아리사는 다시 문을 닫았다. 문 안쪽에서 옷 스치는 소리가 났다.

아무래도 유즈루처럼 옷 위에 걸치는 것만으로 완성될 법한 복장이 아니라…….

옷을 전부 벗은 다음에 다시 입는, 나름대로 본격적인 물건인 듯했다.

'기대해도 될까……?'

두근두근 설레는 가슴으로 기다렸더니…….

문이 열렸다.

나타난 것은…….

"어, 어떤가요?"

'고양이' 코스프레를 한 아리사였다.

하지만 인형 옷을 입은 것은 아니었다.

오히려 그것과는 정반대로…… 노출이 무척 많았다.

구체적으로는 튜브톱 형태의 비키니 같은 것을 입고 있었다.

다만 재질은 평범한 수영복처럼 물의 저항을 감소시킬 법한 물건이 아니었다.

오히려 그 반대…… 폭신폭신 검은 털 같은 것이 나 있었다.

그것은 마치 고양이 체모 같았다.

그리고 손발에는 마찬가지로 검고 폭신폭신한 털이 달린, 고양이의 손발을 본뜬 장갑과 양말을 신고 있었다.

그리고 그것 외에 입은 것은 무엇 하나 없었다.

가느다란 어깨가, 늘씬하니 긴 팔다리가, 귀여운 배꼽이, 고혹적인 가슴 계곡이, 도자기같이 하얀 피부가…… 모두 드러나 있었다.

그리고 그런…… 대담한 복장을 입은 아리사는 얼굴을 붉히고 부끄러워하며 유즈루에게 말했다.

"과, 과자를 안 주면…… 자, 장난 칠거다, 냥!"

"……장난 쪽으로."

"……괜찮나요?"

"……괜찮은데?"

유즈루는 살짝 경계하며 그렇게 말했다.

그러자 아리사는, 보란 듯이 헛기침을 했다. 그리고…….

"그, 그럼…… 갈게요."

그러더니 아리사는 유즈루의 몸에 안겨들었다.

아리사의 머리카락에서 둥실, 샴푸 향기가 감돌았다.

"저기…… 아리사…… 어, 어어……."

무심코 유즈루는 놀란 목소리를 높였다. 그도 그럴 것이, 아리사가 유즈루에게 안긴 채…… 체중을 실었으니까.

유즈루는 아리사를 안은 채, 천천히 앉았다.

그럼에도 아리사는 멈추지 않고…….

"아, 아리사……?"

"……."

유즈루를 밀어서 넘어뜨렸다.

정신이 들자 아리사는 유즈루 위에 올라탄 상태였다.

크고 박력 있는 하얀 가슴이 살짝 흔들렸다.

"저, 저기……."

"냐, 냐—앙!"

아리사는 얼굴을 새빨갛게 물들이며 그런 목소리를 높였다.

그리고 유즈루의 몸 위로 쓰러졌다.

"자, 잠깐…… 아, 아리사……."

"고양이는 인간의 말 같은 건 모르고, 상황도 생각하지 않아요. 냥, 냐—앙!!"

아리사는 한순간 인간으로 돌아온 뒤, 다시 고양이로 변했다.

그리고 응석을 부리듯 유즈루에게 안겨서 몸을 비볐다.

희고 부드러운 살결이 꽉 닿자 제아무리 유즈루라도 이 것에는 혼란이 앞섰다.

"그, 그게, 아, 아리사…… 나, 나는 어떻게 해야……."

"냥……."

아리사는 작게 울더니, 유즈루의 뺨에다가 가볍게 입맞춤했다.

그리고 촉촉한 표정으로 유즈루의 얼굴을 올려다봤다.

"……알았어."

유즈루는 살며시 아리사의 머리에 손을 두르고…… 자기 쪽으로 끌어당겼다.

그리고 아리사의 입술에 자신의 입술을 겹치고…… 깊은 입맞춤을 나누었다.

"이, 이걸로…… 됐을까?"

입술을 떼고 유즈루가 그렇게 묻자…… 아리사는 고개를 가로저었다.

그리고 유즈루의 가슴팍에 얼굴을 대고, 가슴을 몸에 대기도 했다.

곤혹스러워하는 유즈루를 제쳐 놓고 아리사는 한동안 냥냥 울더니…….

응석 섞인 목소리로 말했다.

"쓰, 쓰다듬어 달라냥……."

"아, 알았어……."

유즈루는 아리사의 머리를 가볍게 쓰다듬었다. 그러자 아리사 고양이는 그 순간에 얌전해졌다.

기분 좋은 듯 눈가에 호를 그렸다.

그 틈에 유즈루는 천천히 상반신을 일으켰다.

한편 아리사는 유즈루의 무릎에 머리를 비비고 ──겸 사겸사 냥냥 울고── 쓰다듬는 손길에 계속 몸을 맡겼다.

"……슬슬, 괜찮을까?"

유즈루가 그렇게 묻자…… 아리사는 움직임을 멈췄다.

그리고 유즈루를 흘끗 올려다보고는 새빨간 얼굴로…… 말했다.

"머, 머리 말고도 쓰다듬어 달라……냥."

"……어? 그, 그건…… 저기, 구체적으로는…….."

"냐─앙."

아리사는 대답하지 않고 고양이 울음소리를 흉내 내며 유즈루의 배에 머리를 들이밀어…… 얼굴을 가렸다.

유즈루는 잠시 생각한 뒤…… 눈앞에 보이는 아리사의 새하얀 등으로 손을 뻗었다.

"으, 냥!"

스으윽, 등뼈 라인을 손가락으로 덧그리자 아리사는 그런 소리를 냈다.

하지만 저항하는 모습은 보이지 않고…… 그러기는커녕 꼬리(엉덩이)를 흔들었다.

일단 유즈루는 아리사의 등이나 목덜미 같은 곳을 몇 번인가 쓰다듬어줬다.

"냐, 냐—앙……."

만족했는지, 더는 간지러운 것을 못 참겠는지…… 아리사는 몸부림쳤다.

그리고 유즈루의 무릎 위에 벌러덩 드러누웠다.

새빨갛게 물은 얼굴과 촉촉한 눈동자, 그리고 커다란 두 언덕과 날씬한 배를 유즈루에게 드러냈다.

"냐, 냐—앙……."

아리사는 달콤한 목소리로 울었다. '쓰다듬어 줘' 그렇게 말하는 것처럼 들렸다.

그렇게밖에 안 들렸다.

유즈루는 천천히…… 아리사의 배로 손을 뻗었다.

"으응……."

배에 떠 있는 하얀 세로선——옅은 근육——을 덧그리자 아리사는 달콤한 목소리로 신음했다.

"냥……."

그리고 얼버무리듯이 고양이 울음소리 흉내를 냈다.

그 뒤로도 유즈루는 아리사의 무방비한 어깨나 목덜미, 겨드랑이나 옆구리를 가볍게 손가락으로 간질였다.

아리사는 부끄러운 듯, 간지러운 듯 몸부림쳤지만……
저항하지 않았다.

그러기는커녕 오히려, 더욱 쓰다듬기 편하도록 무방비한 곳을 거침없이 드러냈다.

"으, 응…… 냐, 냥……."

허벅지 안쪽을 쓰다듬었을 때도 역시나 저항하지 않고, 오히려 다리를 벌려서 쓰다듬기 편하도록 만들어주었다.

어디를 만져도, 쓰다듬어도 된다.

그러는 것 같았다.

그래서 유즈루는…….

"……아리사."

"……냥."

"……만져도 될까?"

유즈루는 아리사의 크게 부푼 부분을 보며 물었다.

그 말에 아리사는…….

"……냥."

작게 울더니 고개를 돌렸다.

고양이니까 무슨 소리를 해도 몰라요. 뭘 하더라도 신경 안 써요.

그러는 것처럼 느껴졌다.

"……."

차려진 밥상을 먹지 않아서야 남자의 수치. 그런 말이 유즈루의 뇌리에 떠올랐다.

유즈루는 천천히, 신중하게…… 아리사의 가슴을, 정확하게는 그것을 덮은 폭신폭신한 털을 가볍게 쓰다듬었다.

"냐, 냐……앙!"

그리고 가볍게 손가락에 힘을 싣자 아리사의 입에서 달콤한 목소리가 새어 나왔다.

양쪽 손바닥에서는 부드러운 감촉이 전해졌다.

약혼자의…… 가슴의 감촉이다.

"냐, 냥……."

아리사는 부끄러운 듯 얼굴을 돌리며 고양이 울음소리 흉내를 냈다.

그런 아리사는 보고 있었더니 마음속에서 아무래도 죄책감 같은 것이 치밀어 올라서…….

유즈루는 이 이상, 아리사의 가슴을 만질 수는 없었다.

"……냥."

아리사는 조금 쓸쓸하다는 표정으로 유즈루의 얼굴을 흘끗 올려다봤다.

그런 사랑스러운 약혼자의 얼굴로 유즈루는 천천히 자신의 입술을 가져다 댔다.

가볍게 뺨에 입맞춤을 했다.

"냥…… 좀 더…… 냥."

아리사는 작은 목소리로 유즈루에게 졸랐다.

그런 그녀에게 응하고자 유즈루는 이마랑 뺨, 목덜미, 가슴께, 복부, 허벅지 등에 입맞춤의 비를 퍼부었다.

그 입맞춤에 아리사는 부끄러운 듯 눈을 피하면서도, 작은 신음소리와, 이따금 떠올랐다는 듯 고양이 울음소리 흉내를 냈다.

그런 일을 얼마간 반복하고······.

"······아리사."

정신이 들자 유즈루는 아리사를 위에서 덮고 있었다.

넘어뜨린 것처럼도 보이는 구도였다.

유즈루는 아리사의 양손을 단단히 누르고는, 천천히 아리사를 들여다봤다.

"이쪽을 봐줘."

"······냥."

아리사는 작게 울음소리를 흘리더니 유즈루 쪽으로 고개를 향했다.

유즈루는 간신히 이쪽을 보는 아리사의 입술에······ 자신의 입술을 겹쳤다.

아리사의 입술 형태를 더듬듯이, 덧그리듯이 움직이고 딱 맞추었다.

"응······."

아리사는 이따금 비취색 눈동자를 이쪽으로 향하고, 그리고 부끄러운 듯 눈을 감는 행위를 반복했다.

"응, 응!!"

멍하니 뜨인 아리사의 눈이 갑자기 확 벌어졌다.

유즈루가 아리사의 입 안으로 혀를 밀어 넣었으니까.

아리사의 혀를 밀어젖히듯이 안쪽으로 들어갔다.

"응, 으응…… 응……."

처음에 아리사는 눈을 크게 뜨고서 놀랐지만, 점차 눈가가 녹아들었다.

그리고 정신이 들자 아리사 쪽에서도 적극적으로 혀를 움직이고 있었다.

혀만이 아니었다.

가슴과 가슴, 하반신과 하반신을 딱 맞대고 서로 꾹 밀어 댔다.

어느 쪽이 자신의 진짜 몸인지, 그것을 알 수 없을 정도로 녹이고 녹아들고…….

간신히 유즈루는 아리사의 입술에서 자신의 입술을 떼어 냈다.

두 사람의 입술에서 은색의 다리가 이어졌다.

그리고 유즈루는…… 쓴웃음 지으며 말했다.

"……이래서야 누가 장난을 치는 건지, 알 수가 없네."

유즈루의 말에 아리사는 간신히 그 '설정'을 떠올렸는지, 겸연쩍은 듯 시선을 피했다.

그리고는…… 속삭이듯 말했다.

"새삼스럽게…… 어느 쪽이든 상관없다고 생각하지 않나요…… 냥?"

"……그러게."

두 사람은 또다시, 입술을 겹쳤다.

후기

오랜만입니다. 사쿠라기 사쿠라입니다.

이번 6권 발매로, 연재 기록을 갱신하고 있습니다.

여기까지 올 수 있었던 것도 여러분의 지원 덕분입니다. 감사합니다.

자, 6권의 내용에 대한 이야기입니다만, 저로서는 이번에는 5권의 뒷이야기라는 측면이 강합니다. 5권이 전편, 6권이 후편이라고 할까요.

이번에 5권에서 명백해진 두 사람의 가치관 차이는, 일단 해결을 낼 수 있었다고 생각합니다.

저는 가치관이라는 것은 그리 간단히 바꿀 수 없는 것이라고 생각합니다.

세 살 버릇 여든까지 간다고 하니까요. 자라나며 몸에 붙은 도덕이나 윤리관, 상식이라는 것은 그 사람의 근본적인 부분으로서 바뀌지는 않겠죠.

그리고 이런 가치관은 사람에 따라 미묘하게 변합니다.

사람을 죽여서는 안 된다든지, 그런 쪽은 전 세계 공통이라고 해도 될지도 모르지만…… 식사 매너라면 천차만별입니다.

국경이나 종교, 문화, 언어에 따른 차이는 물론, 동일한 일본 문화권의 사람들이라도 가정이나 지역에 따라 정도의 차이가 있구나 생각할 따름입니다.

그런 것은 굳이 지적하거나 고치도록 요구하지 않는 편이 무난하다고 생각합니다. 가치관을 부정하는 것은 사람이 성장한 환경을, 반생을 부정하는 것이니까 반드시 알력다툼이 발생합니다.

원만한 인간관계를 구축하고 싶다면 그런 것을 간섭하지 않는 편이 좋겠죠.

참을 수 없이 신경 쓰인다면 거리를 두어야 할까요.

그렇지만 세상에는 거리를 두고 싶어도 둘 수 없는 경우가 있습니다.

결혼 상대라든지…….

성격이 맞지 않는다면 결혼하지 말라고 그러지만, 결혼을 해서, 동거를 하면서 처음으로 알게 되는 것도 있겠죠.

그럴 때는 어떻게 하면 되는가…… 그런 생각을 하며 5권, 6권을 적었습니다.

……저라면 성격이 맞지 않는 사람과는 얼른 이혼할 겁니다만. 인생은 손절이 중요하다고 생각합니다.

그럼 슬슬 감사의 말씀을 드리겠습니다.

삽화, 캐릭터 디자인을 담당해주시는 clear 님. 이번에도 멋진 삽화, 표지 일러스트를 그려주셔서 감사합니다.

또한 이 책의 제작에 관여해 주신 모든 분, 무엇보다 이책을 구입해 주신 독자 여러분께 다시금 감사를 드립니다.

그럼 7권에서도 또 뵐 수 있기를 기도하겠습니다.

OMIAI SHITAKUNAKATTA NODE MURINANDAI NA JOKEN WO TSUKETARA DOKYUSEI GA KITA
KENNITSUITE Vol.6
©Sakuragisakura, Clear 2023
First published in Japan in 2023 by KADOKAWA CORPORATION, Tokyo.
Korean translation rights arranged with KADOKAWA CORPORATION, Tokyo.

맞선보고 싶지 않아서 억지스러운 조건을 달았더니 동급생이 온 일에 대해서 6

2024년 6월 1일 1판 1쇄 발행

저 자	사쿠라기 사쿠라
일 러 스 트	clear
옮 긴 이	손종근
발 행 인	유재옥
담 당 편 집	정지원

부 사 장	이왕호
이 사	조병권
출판본부장	박광운
편 집 1 팀	최서영
편 집 2 팀	정영길 조찬희 박치우 정지원
편 집 3 팀	오준영 이소의 권진영
디자인랩팀	김보라 박민솔
디지털사업팀	박상섭 김지연 윤희진
라이츠사업팀	김정미 맹미영 이윤서
영업마케팅팀	최원석 박수진 이다은
물 류 팀	허석용 백철기
경영지원팀	최정연
발 행 처	(주)소미미디어
인쇄제작처	코리아피앤피
등 록	제2015-000008호
주 소	서울시 마포구 토정로 222, 403호(신수동, 한국출판콘텐츠센터)
판매및마케팅	(070)8822-2301

ISBN 979-11-384-8298-1 04830
ISBN 979-11-384-0312-2 (세트)